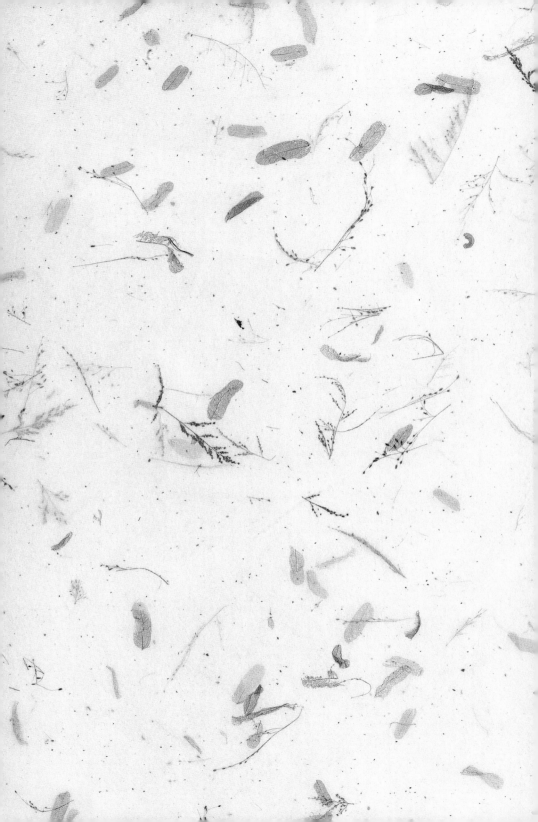

나에게 가는 길

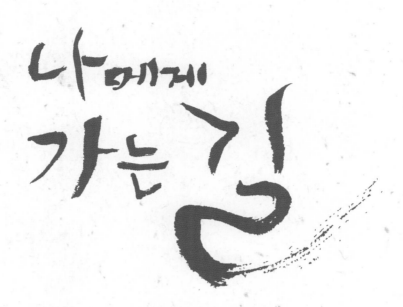

글 김용규

지식공감

마음의 무거운 짐을 내려놓고
산보하듯 삶의 여정을 가는 것이
걷는 자의 지혜가 되겠습니다.

나에게 하는 질문

나는 어디에 머물고 있는가?

나는 열심히 살았는데 왜 아직까지 힘든가?

나는 이 순간 온전히 살고 있는가?

나는 목표를 좇는 불안의 노예는 아닌가?

나의 삶이 울타리 속에 갇혀 있지는 않는가?

나의 모든 일상을 삶의 일부로 온전히 받아들이고 있는가?

나의 삶은 충분히 지혜로운가?

나는 행복한가?

인생은 매 순간 결정의 연속이지요.

부는 바람처럼 흐르는 물처럼 살고 싶겠지만, 복잡한 세상에서 우리의 삶은 매 순간 선택을 강요받겠습니다.

좋은 선택이 무엇인지 딱히 해답은 없는 것이지만, 삶이 후회가 되지 않는 좋은 선택을 원한다면 그때마다의 상황과 시점에 따른 마땅한 지혜가 필요하겠지요.

그러기 위해서는 길 위에서 직면하는 시간이나 공간, 만나게 될 수밖에 없는 사람들에 대하여 찬찬히 살펴볼 필요가 있겠습니다.

시간을 살펴봐야 하는 이유는

크게 나쁘거나 틀린 결정은 없을지라도 때에 맞지 않는 선택은 항상 문제가 됨을 잘 알기 때문이지요. 적절한 시간에 대한 판단이 안 좋거나 다른 시간에 대한 욕망의 크기에 따라 크고 작은 실수를 범할 수밖에 없겠습니다.

공간을 살펴본다는 것은

우리가 진공 속에서 혼자 사는 세상이 아니라, 복잡다양한 구조가 있고 많은 인연들이 있기 때문이지요.

살면서 직면하는 어떤 역경도 잘 극복할 수 있다는 신념이 현실에 직면하면 그 차이가 너무 크다는 것도 잘 알겠습니다.

또 우리는 삶을 너무 쉽게 생각하는 경향이 있다는 것이지요.

그것은 배움과 성찰의 부족일 수도 있겠고

삶을 너무 낙관적으로 보기 때문이라고 하겠습니다.

대부분 이런 상황을 이겨내기 힘들다는 것이 문제이지요.

만나게 되는 사람들에 대하여 살펴본다는 것은

역설적으로 자기 내면을 성찰하고 이해하는 것이 되겠습니다.

시간과 공간이 외부의 문제라고 한다면

사람들에 대한 공부는 자기 내면의 문제라고 할 수 있지요.

이 결정으로 무엇을 내려놓아야 하는가?

내가 감당할 수 있는가?

무엇을 위해서 감당해야 하는가?

이런 물음에 대하여 답해 보는 것이 되겠습니다.

결국 삶의 모든 선택과 결정 과정에서의 고통은 시간과 공간에 걸맞은 지혜의 부족함도 있겠고, 또한 우리 마음의 문제라고도 할 수 있지요.

적어도 이 정도의 성찰을 통한 선택이라면 삶의 크고 작은 문제에 직면하더라도 크게 실수할 확률은 낮아지겠습니다.

설사, 일이 뜻대로 풀리지 않더라도 좀 더 평정심을 유지하면서 침착하게 대응할 수 있지요.

특히 어떤 상황에서도 감당하기 힘든 싸움에 뛰어들지 않는 것이 참으로 중요하겠는데 그러기 위해서는 일상의 삶에 대한 솔직함이 꼭 필요하겠고, 솔직함은 삶의 여정에서 참 좋은 선택이라고 할 수 있겠습니다. 그런 솔직함으로 자신에 대한 이해가 깊어져서 실패에 따른 괴로움은 낮아질 수 있을 것이고 상대적으로 삶의 만족감은 커질 수 있지요.

　비로소 자신의 길을 당당하게 갈 수 있겠습니다. 누구든 딱히 정해진 길이란 없는 것이고 스스로 선택한 길만 있다고 하겠지요.

　그렇다면 삶의 여정에 무엇을 가두고 채우나?

　박노해의 시에 "사랑이 없는 지혜는 길을 잃어버리고
　지혜가 없는 사랑은 지킬 수 없으니"라는 구절이 있겠습니다.
　걱정과 두려움, 슬픔과 증오 등을 성찰을 통해 밖으로 내보내고 삶의 한편을 비워둠으로써 타인에게 베풀 수 있는 선한 마음과 사랑으로 행복해질 수 있다는 것이지요.

　모든 것이 정신없이 빨리 돌아가고 조금이라도 더 많이 쌓기 위해 아둥바둥 살아가는, 갈망하고 타들어가는 우리의 삶을 보면서 행복감을 얻을 수 있는 마땅한 지혜가 꼭 필요하겠습니다.

　살며 마주하는 위기를 잘 헤쳐가는 사람과 그 자리에 넘어져서 일어서지 못하는 사람 사이에는 반드시 지혜로움의 차이가 있는 것이 당연하다는 것이지요.

지혜는 직면한 문제를 무탈히 풀어내는 능력과 문제에 대처하고 선택하는 능력이 되겠습니다.

나이가 들수록 왜 지혜가 더 필요한가?

나이가 든다는 것을 익어간다고 말하는 것은, 자신이 경험한 것들이 지혜로 발효되어 깨우침으로 변화하는 것을 의미하겠는데
열정의 여름이 치열했다면, 완숙의 가을이 찬란할 것을 기대하는 것은 자연스러운 이치겠지요.

이 책은 삶의 길 위에서 직면하는 수많은 번뇌에 대한 성찰과 한 줌 지혜의 기록이라고 할 수 있겠습니다.

휘갈겨 쓰는 글로도 마음의 울림과 희망을 찾고, 영혼을 깨어나게 하는 영향력이 쓰는 자의 손끝으로 이루어진다는 것도 잘 알고 있지요.

저의 글이 길 위에서 직면하는 크고 작은 문제들을 무탈히 타고넘어, 평안한 삶의 여정이 되는데 도움이 되기를 소망하겠습니다.

2022 봄
나에게 가는 길 위에서
김용규

Ⅲ. 길 위의 지혜

I.
은퇴의 길 위에서

자신의 존재와 관점으로부터
자유롭고 괴로움이 없는
행복한 은퇴

|

정욕보다 더한 불길은 없고
성냄보다 더한 포박은 없으며
어리석음보다 더한 그물은 없고
망령된 고집보다 더한 강물은 없다.

- 법구경 -

길 위의 존재 I

우리 모두는 길을 만들어서
그 길을 걷고 있는 길 위의 존재가 되겠습니다.

나는 누구인가?
내가 가야 할 길은 어디인가?

    삶의 여정은 선택과 결단의 연속이고 우리를 길 위의 존재라고 하는
이유이지요. 순간의 선택과 결단은 자신의 모든 삶의 행로를 결정하겠
습니다. 인류 역사의 숱한 생겨남과 사라짐은 개인의 고뇌에 찬 결정
의 산물이지요.
    모든 결정은 목적지를 알 수 없고 다시 돌아올 수도 없겠습니다.
    어디론가 모험과 도전의 여정이 삶이라고 하지만 누구든 마음의 드
론을 띄워서 넓게 펼쳐보면 우리의 걸음은 방랑에 불과하지요. 그래서
큰 의미를 부여할 필요도 없고 그저 마음의 무거운 짐을 내려놓고 산
보하듯 삶의 여정을 가는 것이 걷는 자의 지혜가 되겠습니다.

    여정이든 방랑이든 자신의 생각에 불과할 뿐, 현실의 삶은 한걸음
또 한걸음이 있을 뿐이지요. 삶이란 움직인 거리가 아니라 내디딘 한
걸음 한 걸음 자체가 좋은 삶이 되겠습니다.

길 위의 존재 II

하나를 죽어라 붙잡고 있는다 하더라도 급속한 변화와
초정밀 네트워크 세상에서는 고립을 자초할 뿐이겠습니다.

이런 세상을 이해하고 생산적인 관계를 만들기 위해서는
먼저 자신을 이해하고 건전한 사람이 되어야만 하겠지요.

자신의 둥지라고 믿었던 것들이 자신의 무덤이 될 수도 있는
험한 세상에서 온전히 살아내려면 짊어지기 버거운 것들은
미련 없이 내려놓아야 하겠습니다.

우리의 몸과 마음은 흐르고 파동치는 것인데
인간관계나 자신의 현 위치가 영원할 수는 없지요.

굳이 영원한 것까지는 바라지 않는다고 해도
만족스럽다는 느낌 정도도 드물겠습니다.
누구도 모를 한 때를 안타깝게 흔들거리다가 떠나게 될
무상한 우리의 삶이라고 생각하면 기운이 빠질 법도 하지요.

우리 모두는 떠나고, 모험도 하고, 개척하면서
자신의 족적을 남기는 길 위의 존재라고 하겠습니다.

나에게 가는 길

길 위의 존재 Ⅲ

길 위에서 어떤 사람과 동행하느냐에 따라
각자 인생의 결이 달라지겠습니다.

성실한 사람과 함께 하면
게으름이 없겠고

긍정적인 사람과 함께 하면
기죽지 않고 살 수가 있겠지요.

지혜로운 사람과 함께 하면
뚜렷한 삶을 살 수 있겠고

품위가 있는 사람과 함께 하면
우리는 더 높은 곳으로 오를 수도 있겠습니다.

우리 모두는
연대의 힘으로 동행하는 길 위의 존재들이지요.

길 위의 삶

유목민들의 삶은 '고스톱' 같다고 하겠습니다.
풀이 많을 때는 머무르고 시들면 떠나는 존재들이지요.

농경민이 머무르는 삶이라면 유목민은 밀려다니는 삶이 되겠는데
모르는 곳에서 알 수 없는 곳으로 이동할 수밖에 없다는 의미에서 우
리의 삶도 유목민과 크게 다르지 않겠습니다.

이동할 때는 보따리를 잘 싸야 하고 단단히 묶어서 떨어지지 않도록
하듯이 우리 역시 어떤 역경에 직면하더라도 쉽게 흔들리지 않도록 자
신을 잘 묶어야 하지요.

정처 없이 떠도는 삶의 여정에서는
자신을 막 흘려서도 안 되겠고 너무 경직되어서도 안 되겠습니다.
빌딩이 높을수록 바람에 조금씩 흔들려야 안전하듯이
유연한 삶을 잊지 말아야 하겠는데, 중도의 삶이라고 하겠지요.

마음은 기민하게 정서는 조화롭게

평정심과 집중력을 잃지 않으면서
길 위의 여정을 무사히 타고 넘을 수 있겠습니다.

나에게 가는 길

인연

우리는 길 위의 존재이고
그 길 위에서 다양한 인연들을 만나게 되지요.
그래서 우리의 삶은 만남이라고도 하겠습니다.

일이든 사람이든 만나게 되는 것이고 그런 만남은 또 다른 이별을
예정해 두지요. 만남에 만족하면 헤어지기 싫은 마음에 슬픔이 따르겠
고 그렇지 않았다면 인연에 환멸을 느끼기도 하겠습니다.
이도 저도 아니면 망각하겠지만 결국은 이별로 끝나게 되지요.

대부분 소중한 만남일수록 좋은 감정에서 실망으로 마지막은 무관
심으로 갈음되겠고, 이런 과정이 우리를 불안하게 만들지만, 마음을
조금만 달리하면 좋은 기회를 얻을 수도 있겠습니다.

자연이 넘치는 것을 내어놓고 안정을 되찾듯이
우리도 자신의 과욕을 알고 비움의 삶이 필요하다는 것이지요.
길 위에서 만나는 소중한 인연들에게 여지를 줄 수 있는
삶이 되어야겠습니다.

내어줄 수 있는 마음의 광활한 영토에 눈뜰 때
찐 사랑의 인연을 만날 수 있는 것이지요.

은퇴 I

퇴직 후의 일상과 생각이 많이 달라지겠습니다.

그동안의 삶을 돌아보는 자기 정리의 시점이자
미래에 대한 기대와 부담을 객관화해보는 시간이지요.

우리는 열심히 살아가지만 자기 직장의 장기적 비전도 생각하겠는데
삶의 각도를 맞춰보는 것이 되겠습니다.

직장생활이란 회사와 자신 모두에게 서로의 생존과 삶의 목적을 위한 좋은 도구가 되는 것이 이상적이라고 하지만 현실은 늘 아쉽고 불만족스럽지요.

그러나 자신의 뚜렷한 목표가 없거나 불안하고
지루한 직장생활이 지속된다면 의미부여가 어려워지기 때문에
결국은 재미도 없어질 수밖에 없겠습니다.
반대로 자기 목표가 분명하다면 앞을 가로막는 어떤 역풍이
불어도 자신의 돛을 적절히 조종하여 앞으로 나아갈 수 있겠지요.

강산이 여러 번 변하는 동안 만난 인연들과 나 스스로 이루어낸 성장에 만족하면서 새로운 인생 2막의 삶을 자축해 보겠습니다.

나에게 가는 길

은퇴 II

나이에 관한 이야기를 안 할 수가 없겠습니다.
60년 한 갑자를 '인생 1막'이라고도 말하지요.
현역에선 이보다 좀 더 빨리 은퇴하고
연금은 60보다 몇 년 늦게 나오는 정도의 나이가 되겠습니다.

나 같은 경우는 대략 28년 배우고 30년 일을 한 것이 되지요.
먹고 사는 일은 한 끼도 봐주는 법이 없으니 은퇴 후에도 금수저가
아니라면 은퇴자들은 쉬는 것이 힘든 현실이 되겠습니다.
차선이든 차차선이든 사는 동안 먹이활동을 찾을 수밖에 없지요.
그렇지만 생각과 태도는 조금 바뀌어야 하지 않겠나?

혈압이 200 이상으로 오를 정도의 일을 감당할 수 있는 열정이 충만
하던 청춘 시절의 생각과 욕망을 계속 들이밀겠다는 오기는 분명히 문
제가 되겠는데 힘이 받쳐주지 못하는 삶은 바닥을 보일 수밖에 없기
때문이겠습니다.
일과 소득보다는 나이에 걸맞은 시각으로 삶을 바라볼 수 있어야겠
는데 은퇴한 자신을 어떻게 봐야 할지 여부는 매우 중요하지요.

나는 백수인가? 자유인인가?
자신의 선택에 따라서 각기 다른 미래로 데려가겠습니다.

은퇴 Ⅲ

불안하고 불안정한 곳이 세상이고
우리의 삶 또한 그렇겠습니다.

인생에 무슨 큰 의미가 있는 것도 아니라는 것을
나이 오십 줄에 들면서 조심스럽게 받아들여졌지요.

하지만 삶이 이런저런 재미와 의미가 있을 것도 같다는 생각에
고개를 갸웃거리면서도 적자생존의 광야로 몸을 던지겠습니다.

인생이 전쟁 같은 것이라면
이 전쟁은 무엇이며 왜 일어났는가?

적어도 이 정도의 질문은 살펴봐야겠지요.

불행하게도 전쟁 같은 일상 속으로 뛰어들면
그런 질문들이 전혀 현실에 맞지 않다고 생각하겠습니다.

요즘은 은퇴의 의미가
현역이 아니게 된 것, 사회와 단절되는 것
소득 절벽에 직면하는 것 등으로 이해되기도 하지요.

나에게 가는 길

은퇴 시기가 짧기도 하고
수명이 늘어나는 현실을 고려한 생각이라고 하겠습니다.

일하지 않으면서 오래 잘 살아낸다는 것은 인류가 경험하지 못한 영
역이니 당연히 은퇴의 삶에 대한 불안이 커질 수밖에 없지요.

"어찌 되겠지. 아니면 말고."

이런 식으론 죽는 날까지 답이 없겠습니다.

그래서 요즘 사람들에게 가장 좋은 은퇴 준비는
죽을 때까지 은퇴하지 않는 것이라는 말이 설득력을 얻지요.
하지만 누구든 필연적으로 은퇴를 할 수밖에 없고
생업을 포기하는 것이 아닌 내적 은퇴가 되겠습니다.

삶을 전쟁으로 보지 않고, 무엇이든 집착하지 않으면서
불행의 원인이 될 수 있는 삶에 대한 관점이 바뀌는 은퇴지요.

자신의 존재와 관점으로부터
자유롭고 괴로움이 없는 행복한 은퇴가 되겠습니다.

한도 원망도 없는
나머지 삶이 되는 은퇴.

퇴임식
자신의 존재와 관점으로부터 자유롭고
괴로움이 없는 행복한 은퇴가 되겠습니다.

> ❝ 자기 목표가 분명하다면
> 앞을 가로막는 어떤 역풍이 불어도
> 자신의 돛을 적절히 조종하여 앞으로 나아갈 수 있지요.
> 강산이 여러 번 변하는 동안 만난 인연들과
> 나 스스로 이루어낸 성장에 만족하면서
> 새로운 2막의 삶을 자축해 보겠습니다.
>
> – 본문 중에서 – ❞

'나'라는 생각 없애기

나이가 들면서
지나온 삶을 돌이켜 보면 사는 게 녹록지 않았고
지금도 여전히 만만치 않다는 것을 충분히 실감하겠습니다.

밖에서 보기와는 달리
누구든 저마다의 십자가를 지고
험하고 먼 길을 간다는 말도 충분히 이해가 되지요.

안 그래도 힘겨운 삶인데
'나'라는 생각까지 더할 필요가 있겠나?

행복한 순간에는 '나'라는 생각이 없겠습니다.

하지만 불행한 순간에는
반드시 '나'가 격렬하게 움직인다는 사실이지요.

삶의 행복과 불행이
'나'와 인과관계인지는 분명치 않아도
상관관계가 있다는 것은 분명하겠습니다.

인생 후반전

"나도 한때는 말이야" 이렇게 말하는 나는 꼰대인가?
나는 삶을 너무 목표지향적으로 살지는 않았나?

별로 가진 것도 없고 살아본 경험도 없었으니
그저 하루하루 성실하게 일하는 것이 유일한 길이었지요.
공부, 취업, 결혼, 승진, 양육, 내 집 마련…

경험을 쌓고 가정을 지키며 재산을 모으는 데 평생 힘을 쏟았고 휴
일 또한 집에서 뒹굴 수는 없는 노릇이니 새로운 경험을 찾아다니느라
쉬는 것도 일처럼 치열했겠습니다.

목표는 선명했지만 목적에 대해서는 별 고민이 없었지요.
목표는 눈에 보일 듯 손에 잡힐 듯하겠지만 추상적이겠습니다.
삶을 면밀히 검토해 보지도 않고 그냥 열심히만 살다 보면
원초적인 목적에 따라 살 수밖에 없지요.

"한 번 사는 인생 이왕이면 남 보란 듯이 잘 먹고 잘살아보자!"

그냥 무의식이 지배했다고 할 수도 있겠고, 너무 물질적인 것을 추
구할 수밖에 없었던 그런 삶이 어느 정도는 이해가 되겠습니다.

나에게 가는 길

대부분의 사회가 그렇겠지만 특히 우리나라는 가치가 단순한 면이 있고, 내가 누군지 무엇이 좋은 삶인지도 모를뿐더러 큰 관심도 없다는 것이지요. 그냥 남에게 끌리지 않는 삶을 살기 위해 치열하게 살다가 어느 순간 알람이 울리겠습니다.

"고객님 떠날 시간이 다 됐습니다."

사회적으론 일차 은퇴가 되겠고 생물학적으론 노화가 급속도로 진행되는 시기이지요. 하지만 이젠 성공과 실패에 상관없이 인생 후반전이라는 새로운 단계로 접어들겠습니다.

그러면서 생각과 행동도 변해가지요. 잡다한 일상의 엔진을 끄고 모험적으로 자유롭게 활강을 즐길 수도 있겠고, 새로운 동력원을 발굴해서 다시 불꽃을 피울 수도 있겠습니다.

원초적 욕망과 물질적 목표가 우리로 하여금 쫓기는 삶을 살게 했다면 이젠 쫓아가는 능동적인 삶의 변화가 가능하지요.

목적이나 목표도 없이 살아간다고 해도 전혀 문제가 없다는 것을 맛볼 수 있겠습니다. 오히려 살아 있어서 좋고 그저 살아간다는 것이 경이롭다는 사실에 눈뜰 수도 있지요.

항상 후반전이 중요하겠습니다.
늙는다는 것을 세월이 닫는 문으로만 볼 것이 아니라
세월이 열어주는 문일 수도 있다는 믿음을 가지는 것이지요.

좋은 삶을 찾아서 누리는 것은 자신의 몫이 되겠습니다.

고단하니 인생이다.

영원히 철들 것 같지도 않고 철없이 세상을 사는 것 같은 내가 어쩌다 보니 가장 큰 관심사가 괴로움이 되겠습니다. 살다 보면 주위에 피해를 주기도 하고 큰 병과 재앙을 얻어맞기도 하지요.

'누가 비껴갈 수 있겠나?' 고단하니 인생이 되겠습니다.

삶의 괴로움은 피하기 어렵겠지만 관심을 좀 가지면 훨씬 나아질 수 있는 것 또한 괴로움이지요. 살면서 겪는 심신의 불편을 통증이라고 한다면 그것으로 인한 2차 고통이 괴로움이 되겠습니다.

"이래가지고 어찌 살겠노?"
이런 식이 되면 우울의 늪 앞에 서성이게 되는 꼴이지요.
각자 정도의 차이가 있을 뿐이겠습니다. 그래서 우리는 자기 생각에만 갇혀 있는, 자기 생각의 희생자라고 할 수도 있지요.
또 그 생각이란 놈을 떠받들며 사는 것이 문제가 되겠습니다.

뭔가 무너지는 것이 있다면 그것은 자신의 생각일 뿐인 것이고
실제의 삶은 아니라는 것이지요. 물결이야 어떻든 그냥 물일 뿐이고
생각이야 어떻든 모두 온전한 삶이 되겠습니다.
그래서 우리의 삶은 끄떡없다는 것이지요.

나에게 가는 길

육십갑자 청춘

육십갑자 정도를 살았다면 "젊어 봤다"고 말할 수 있겠습니다.
이 경험으로 청춘들에게 충고할 것이 있다고 생각할 수도 있지요.
그러나 자신에게 먼저 질문을 던져봐야 하겠습니다.

나는 늙어 보았나?
늙는다는 것은 무엇인가?
죽음에 대해서는 아는가?

분명한 사실은 삶 앞에서 우리는 영원히 아마추어가 되겠습니다. 누구든 나이와 상관없이 한 번도 마주한 적이 없는 삶의 순간들을 경험하며 살아가고 있지요. 지금을 과거의 시각으로만 바라보는 것은 착각이고 어리석음일 뿐이겠습니다. 그래서 노인을 젊음을 잃어버린 사람들인 것처럼 낙인찍어서는 안 된다는 것이지요.

끝없는 배움은 살아 있는 한 계속되겠습니다.
닫힌 문에만 한탄스러운 시선을 고정시키지 말고
주변을 살펴서 새로운 문들이 있음을 아는 것이 지혜이지요.
일상의 단편적인 스토리에 매몰되지 않아야겠고
아직도 우리 앞에는 가지 않은 길이 너무나 많다고 하겠습니다.
그래서 '육십갑자 청춘'이라고 하지요.

고해의 삶

감정이 너무 풍부한 사람은 눈물도 많다고 하겠습니다.

佛家에서는 정의 바다에 빠졌다고 말하지요.
정의 바다는 곧 번뇌의 바다이기도 하겠습니다.
그래서 삶을 고해라고도 하지요.

문제는 정이 많고 적음이 아니라 정에 휘둘리는 것이고
우리의 생각도 문제가 되는 방향은 마찬가지겠습니다.
자기가 아는 범위 안에서 자기에게 속는 것이지요.

잘 써먹으라고 있는 감정에 휘둘리고
실체가 없는 생각에 속으며 살고 있는 한
한시도 주인이 될 수 없겠습니다.

심리, 감정, 사고, 환경 등은 덩쿨처럼 칭칭 감기고 얽혀 있지요.
이것들이 견고한 현실처럼 보여도 보기에 따라서는 눈가림에 불과하
기도 하겠습니다.

조명빨에 속고 폭음에 놀라면
삶의 주인으로 산다는 것은 요원한 이야기지요.

나에게 가는 길

내 생각

주위의 모든 사람들은 자신의 거울이라고 하겠습니다.
자신을 잘 보지 못하는 면도 상대에게서는 잘 보인다는 의미지요.

그중의 하나가 생각의 형태나 특징이 되겠는데
어떤 생각이든 각자의 방식이 있겠습니다.

누구든 자신의 생각이 옳다고 생각하는 경향이 있지요.

그러나 내가 상대의 생각을 찬찬히 살펴보면
그 색깔이 뚜렷이 보이겠는데, 내게 비친 상대방의 생각은
대체로 그 색깔이 검고 악취에 가깝겠습니다.

반면, 나의 생각도
그와 별반 다르지 않다고 보는 게 맞겠지요.

나의 생각이란
나의 기억과 기준이 만든 것이 되겠습니다.

자신이 배운 지식과 살아온 경험이 기억이 되고
지식과 경험으로 정리된 것들이 자신의 기준이 되는 것이지요.

따라서 기준 역시 기억이라고 할 수 있는 것이고
문제는 이런 자신의 기억을 맹신하는 것이 되겠습니다.

기억이 정확하다고 할 수도 없고
정직하지도 않기 때문이지요.

기억이라는 입장에서 보면, 자면서 꾸었던 꿈과 지나온 삶의 이야기
가 다르지 않겠는데 모두 꿈이고 기억일 뿐이겠습니다.

이렇게 허상인 기억과 기준에 붙잡힌 사람은
'의존하고 있는 사람'이라고 볼 수 있지요.

그런 기억과 기준의 실체를 알아차려서
그것에 의존하고 있는 자신을 찬찬히 살펴보고
그 영향으로부터 벗어나는 삶이 되어야 하겠습니다.

의존과 우리가 꿈꾸는 자유는 함께 할 수 없기 때문이지요.

나에게 가는 길

우린 다 가진 자

지나친 욕망은 가난이나 열등감과 쌍둥이라고 하겠습니다.

욕망이 큰 사람은 주변을 불편하게는 하지만
그 때문에 자신과 세상이 발전하는 면도 있을 테니
정도의 문제인 것이고 양면성이 있다고 하겠지요.

욕망이 강한 사람들의 성적표는
자신의 열등감을 얼마나 해결했는지 그 정도가 되겠습니다.

살면서 이루어 낸 것들이
자신의 위상과 자존감을 높이는 데 분명히 도움은 되겠지만
본래 자기 마음속의 게임이어서 미묘한 측면도 있지요.

재산이 많아도
마음의 가난을 벗어날 수 있다는 보장이 없는 것이고
권력을 누려도
자유가 없는 노예 같은 삶을 탈출했다고 할 수도 없겠습니다.

많은 사람들이 자신을 광적으로 추종하는 팬이라고 해도
여전히 존재감을 인증을 받지 못해 방황할 수도 있지요.

열등감은 자신으로부터의 도망이기 때문이겠습니다.

세상으로부터 욕망을 쟁취하는 것은 한계가 있으니
내 안으로부터 비워야 한다는 것이지요.

어떻게 비우나?

다른 사람들과의 비교가 아닌 실제 사실에 집중해야겠습니다.
이것이 돌파구가 될 수 있겠고 열등감으로 인한 욕망의 집착을 중립
으로 바꿀 수가 있지요.

있는 그대로의 기억과
그대로의 사실을 받아들이는 것이 중요하겠습니다.

가공한 식품이 몸에 해로운 것과 같이
비교되고 편집되어 있는 왜곡된 사실은 상처가 될 수밖에 없지요.

다 가진 자는 열등감이 없겠습니다.
그래서 그런 사람은 불편한 몸부림이 없다고 하겠고
어떻게 움직여도 자연스럽고 멋진 댄스가 되지요.

그런데 우리는 태어나면서 이미 다 가진 사람들이 아닌가?

자신의 지나친 욕망을 살펴볼 가치가 있겠습니다.

　　　　　　　　　　　　　　　　　나에게 가는 길

부산 '이기대 해안산책로'
인간의 탐욕을 바다가 품었다.
그 바다 위로 어리석었던 나의 삶도 띄워 보낸다.

> 너는 왔다 가는 한 사람의 나그네.
> 재산을 모으고 부를 사랑하지만
> 떠날 때는 아무것도 가지고 가지 못한다.
> 너는 주먹을 쥐고 이 세상에 왔다가
> 갈 때는 손바닥을 펴고 간다.
>
> – 인도 시인 까르비 –

적당히 산다는 것

'적'이라는 것은 정도가 알맞다는 것이고
'당'이란 마땅하다는 의미라고 하겠습니다.

우리가 먹고살기 위해서는
살아 있는 것을 먹어야만 하지요.

이것이 당연한 주장일 수는 있겠지만
먹고 사는 일도 정도껏 해야 하겠습니다.

정도를 넘고 지속 가능한 범위를 넘어서면
마땅한 것이라고 해도 파탄이 날 수밖에 없는 것이지요.

소가 풀뿌리까지 먹어버리면
그 땅은 사막이 될 수밖에 없는 이치가 되겠는데
작용-반작용의 법칙하에 있기 때문이겠습니다.

자연을 인간의 소유물로 생각하는 것은 자유지만
그런 행동의 결과는 인간이 오롯이 감당해야만 하고
그 결과로 인한 후유증을 견뎌내기도 힘들지요.

우리가 주장하는 적당히 하라는 것은
'필요한 정도'라는 의미가 되겠습니다.

먹고는 살아야겠는데 어느 정도로 먹어야 하나?

불행히도 우리는 알맞게 필요한 정도가 아니라
자신이 원하는 만큼의 삶을 살기 위해 발버둥치고 있겠고

소금물과 갈증의 관계처럼 '원하는 만큼'은
시간이 지날수록 자기 분수에 넘치는 만족 상태를 요구하지요.

너무 열심히 하면 '마'가 끼는 법.

'마'란 원래 열심히 노력한다는 의미지만
심하면 크레이지 모드로 돌변하는 것인데
지금은 대놓고 미치광이를 부추기는 사회라고 하겠습니다.

'적당히'를 이도 저도 아닌 것으로 치부해버리는 세상이고
이런 중도를 인정하지 않아서 어지러운 세상이 되고 있지요.

적당히 하는 것이 좋은 줄 알면서도 그렇게 하기 어려운
세상의 중심에 까치발로 서 있는 꼴이 되겠습니다.

시대와 상관없이 사람의 조건이 본래 그런지도 모르지요.

비교와 평가의 삶

나이가 들수록 삶이 지루해지고 빈틈없이 채색된 그림처럼 어떤 체험도 더이상 신선하지 않겠습니다. 무엇이든 조건 지어지고 단단히 굳어져서 기계 뭉치처럼 되었기 때문이지요.

사회 공동체의 규칙에 순응함으로써
자신의 평안과 맞바꾸는 것은 위험한 거래가 되겠습니다.

성공한 사람일수록 반복되는 삶의 지루함을 벗어나기 어렵다는 것이고 결국은 부패나 타락, 삶의 회의감으로 끝나기 십상이지요.

비교와 평가가 처음엔 주위 사람들로부터 시작되지만
시간이 지나도 자기 안에서 평생 동안 괴롭히겠습니다.

비교와 평가에 삶이 갈려나가지 않고 싶다면 다른 사람들로부터의 비교와 평가를 차단시키고 자신의 마음속에서 당장이라도 멈추는 것이 중요하지요.
특별히 멈추는 해법은 따로 없겠습니다.

타의든 자의든
비교와 평가가 얼마나 큰 위험인지 아는 것으로도 충분하지요.

노령화

우리가 사는 사회란
결국은 발붙이고 사는 땅이 되겠습니다.

땅을 어떤 모습으로 디자인하고
누가 사는가가 그 사회의 모습이라고 할 수 있지요.

인구가 줄고 노령화가 가속화되면
삶에는 무슨 일이 일어날 것인지 심히 걱정되겠습니다.

지금까지는 주로 계층 간의 양극화를 걱정해 왔지요.
예전에는 아이, 청년, 노인이 함께 공존했겠습니다.

가난한 사람과 부자가 한동네에 살던 시절도 있었겠는데
  제가 살던 어릴 적 동네엔 판잣집과 산 아래 큰 평수의 잔디 정원집
이 함께 있었고, 그 집 아이와 같은 초등학교를 다녔지요.

이런 공존이 산업화 시대를 거치면서 조금씩 해체되겠습니다.

사회적 약자가 밀집된 주거 지역과
쾌적한 부유층의 주거 공간이 점점 구분되어 왔지요.

이건 도시에 국한된 문제이지만 인구감소와
고 · 노령화에 직면한 시골은 심각 그 자체라고 하겠습니다.

소멸될 가능성이 많은 위험지역이 지속적으로 늘어나고 있지요.
한마디로 돈도 없고 사람도 없다는 얘기가 되겠습니다.

무슨 뾰족한 수가 있어야 하겠지요.

결국, 우리 앞에는 자연을 회복시키고
인간성을 회복시켜야 하는 숙제가 남겠습니다.

돈도 사람도 부족한 절벽 시대의 절박함이 함께 행복할 수 있는 사
회가 되기를 갈망하지만, 현실은 녹록지 않다는 것이지요.

현재 우리의 시골 친척 집들이 직면한 리얼스토리가 되겠습니다.

나에게 가는 길

인생 단풍

오래 사는 것에 두려움이 본격적인 문제로 대두되겠습니다.
노부모를 부양하다 자신도 노인이 되는 것이 현실이 되었지요.

베이비붐 세대에서 소위 386 세대는
오늘날의 세상을 처음 만나고 또 만들었고
책임이 있는 세대라고 하겠습니다.

은퇴 후 삶의 모델에 대한 특별한 전례가 없기 때문에
온전히 각자의 생존력에 달려있다고 하겠지요.

불러주는 데는 없고 급하지 않은 아침의 삶이 20년 이상 지속되겠는
데, 우리 모두는 솜씨가 있건 없건 자기 삶의 드라마 작가가 될 수밖에
없는 현실이 되겠습니다.

개인적으로 혹은 집단적으로, 어떤 이는 세상 밖으로
어떤 이는 더 치열하게 세상 속으로……
은퇴 이전이 봄꽃이라면 은퇴 후는 가을 단풍이라고 하겠지요.

여기까지 와 봐야
비로소 삶의 큰 그림을 볼 수 있겠습니다.

평창 '오대산 월정사 전나무 숲'
상록수인 전나무의 초록색 숲은 걷기도 보기도 듣기도 좋은
번뇌를 내려놓기에는 최고의 산책로라고 하겠다.
그래서 오대산은 지친 마음을 치유하는 월정사와 자비의 숲을 품고 있다.

"

삶의 짐을 내려놓고
적게 그리고 천천히 사는 것에서 알게 되는
소소하지만 큰 새로움과 기쁨들이 있지요.

– 본문 중에서 –

"

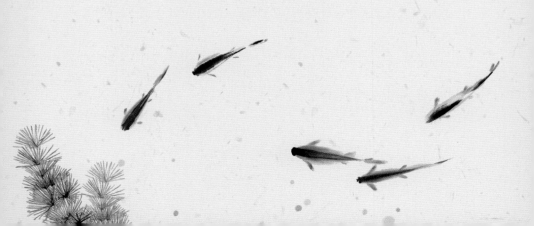

만보

삶은 보기에 따라서는 잃어버림의 연속이 되겠습니다.

지금 돌이켜 보면 참 좋았던 그 시절을 좋은 줄도 모르고 제대로 누려 보지도 못한 채, 지난 후에야 아쉬움과 그리움으로 남지요. 결국, 잃어버린 것들이 상심으로 남겠습니다. 그래서 살면서 직면하게 되는 잃어버리는 것들에 대한 대응이 중요할 수밖에 없지요.

우리가 할 수 있는 일 중에 참 좋은 것이 노래하고 걷기를 강추하겠습니다. 몸과 마음에 리드미컬한 활력을 주면서 혼란한 세상을 받아들이고 결합시켜 준다는 의미에서 가성비 갑이라고 할 수 있지요. 단지 경계해야 할 것은 자만이 되겠습니다.

"나는 문제 없다!"
어차피 사는 동안 상실과 상심이 피할 수 없는 것이라면
그래도 우리가 할 수 있는 것이 있으니 다행이지요.

음악을 듣고 노래하고 걸을 수 있다는 것, 내 마음을 볼 수도 있고 세상을 있는 그대로 볼 수도 있겠습니다. 한걸음 또 한걸음이 우리를 살려 줄 테니 잘 살고 싶다면 걸어야 한다는 것이지요.

음악에 맞춰 리드미컬하게 만보.

적게 그리고 천천히

가끔 연배 지긋한 분들과 함께할 때가 있겠습니다.
격식 때문에 어려울 때도 있지만 대부분은 비교적 편안하지요.

비슷한 시대를 살아왔고 생물학적으로 비슷한 시기를 보내고 있기
에 넓게 보면 동병상련을 느끼기 때문이겠습니다.

그들의 모습이 거울에 비친 나의 모습처럼 느껴지는 것이지요.

나이가 들면서 잃어버린, 또 잃어버릴 것들이 먼저 보이는 것은
마음의 닻을 청춘 시절에 고정시켜 놓았기 때문이겠습니다.

삶의 짐을 내려놓고 적게 그리고 천천히 사는 것에서 알게 되는
소소하지만 큰 새로움과 기쁨들이 있지요.

청풍명월은 즐기는 자가 임자라고 했고 살아온 숱한 시간도 특별히
다르지 않겠습니다.

누리는 자에게 활짝 열려 있겠고
찾아내는 만큼 내 것이 되는 것이지요.

나에게 가는 길

한가위의 추억

부산에서 태어나 유년기와 학창 시절을 보냈지요.

추석 땐 동네 시장에서 어머니가 옷을 사 주셨는데
요즘처럼 그렇게 기온이 높지는 않았지만
아침저녁으론 쌀쌀하고 낮에는 여름 같은 일교차가 있었겠습니다.

추석이 지나면 점차 기온이 내려갈 것이고
몸도 좀 더 커질 것을 대비해서 헐렁한 옷을 사 주셨는데
새 옷이 좋긴 했지만 낮에는 땀이 삐질삐질 났던 기억이 있지요.

그래도 소매가 길어서 좋았던 점도 있었는데
축농증으로 콧물을 자주 흘리던 내게 옷 소매는
수시로 닦을 수 있는 코수건 같았기 때문이겠습니다.
옷 소매가 반들반들했지요.

작렬하던 폭염을 밀어내고
가을이 모두의 고향으로 냉큼 달려가겠습니다.

가을은 마지막 햇빛을 잘 받아서 씨앗 속에 갈무리를 해야 하는 시
기라서 농부에겐 초긴장의 계절이기도 하지요.

그래서 가을 '추'는 '여물다'라는 의미와
'속을 태운다'는 뜻이 담겨 있다고 하겠습니다.

일 년 농사와 한 해의 식량이 가을걷이에 달렸으니
농민들에겐 민감한 시기인 것은 틀림없지요.

마지막 햇살을 받아 잘 여물어야 하고
잘 거두어 창고에 쌓아 두어야만
비로소 풍성한 시간이 찾아오기 때문이겠습니다.

가을이 점차 깊이 들어오는 시절에
내 삶의 여물음과 거두어들임에 대해서도 생각하게 되지요.

아름다웠던 유년 시절의 추억만 남기고
이렇게 또 한 해가 익어가고 있겠습니다.

나에게 가는 길

부모

어릴 적 나는 다음에 커서
부모님들보다 더 나은 사람이 될 것이라고 생각했지요.

그러나 지금 나는
부모님이 해주신 만큼 되기도 쉽지 않음을 알겠습니다.

부모님께서 쌓은 삶의 업적이 크지 않을지라도
당신들이 짊어졌던 삶의 무게와 헤쳐나온 깊이가 가늠되기
때문이지요.

그리고 자식을 바라보는 내 눈에 비쳤던 사랑보다
말로는 표현할 수 없는 더 큰 사랑을 받았다는 걸 알겠습니다.

너무나 아쉽게도 한 분은 내가 철이 들기도 전에
또 한 분은 철이 조금 들 때쯤 떠나셨지만…

그분들의 크고 작은 사랑의 그늘 속에서 지금을 살지요.

부모님에 대한 그리움이 한이 되지는 않았으면 좋으련만.

부산 '태종대 모자상'
자살바위의 오명을 없애기 위해
1976년에 만들어진 모자상은
어머니가 딸과 아들을 안고
흔들림 없이 제자리를 지키고 있다.
뒤쪽 자살바위에서
생을 버리는 사람이 줄었다고도 하니
우리 어머니들의 사랑의 힘이라고 하겠다.

"
자식을 바라보는
내 눈에 비쳤던 사랑보다
말로는 표현할 수 없는
더 큰 사랑을 받았다는 걸
이제야 알겠습니다.

– 본문 중에서 –
"

미끄러지듯 살라

과거에 소중했던 것들도 세월의 기억 저편으로 희미하겠습니다.
옛 추억보다는 드라마 속 인물들에 더 몰입하는 게 우리지요.
어떤 사람은 기억이 곧 자신이라고 말하기도 하겠습니다.

그러나 우리는 눈 앞에 펼쳐진 세상과 끝없이 소통하면서 살 수밖에
없지요. 추억은 이미 닫혀버린 세상이기에 그 시절로 돌아갈 수도 없
겠습니다.
과거의 상처나 아름다웠던 기억들은 외부 자극이 없다면 흐르는 세
월 앞에 아무런 마음의 동요를 일으키지 못하는 것이지요. 에너지 제
로 상태라고 하겠습니다.

되새김하지 않는 기억은 잊히기 마련이고, 새로운 경험들로 또 다른
기억들을 채우면서 살아가지요. 그래서 나는 일 년 전의 나이기도 하
지만 아닐 수도 있겠습니다.
어떤 기억도 떠올리지 않으면 없는 것이지요. 피터팬이 늘 행복한 이
유는 과거를 돌아보지 않고 지금 현재를 살기 때문이겠습니다.

사르트르의 좌우명 "미끄러지듯 살라."
예전에는 그 말이 유연하고 요령 있게 살라는 의미로 여겼는데
요즘은 과거에 얽매임 없이 물 흐르듯 살라는 의미로 다가오지요.

시간

우리의 삶은 어긋남의 연속이지요.

청춘은 돈이 부족하고, 나이 든 사람들은 몸이 부실하겠습니다.

나는 그녀를 좋아하는데, 그녀는 다른 그를 좋아하지요.

내가 불타오르면 그녀는 미지근하고, 그녀가 관심을 보이면 나는 다 타서 재만 남게 되니, 속된 말로 허당이 되겠습니다.

복잡한 도시에서 뒹굴 때는 방송에 나오는 자연인을 동경하지만, 막상 산속에 가면 왁자지껄한 도시를 그리워하겠는데 이렇게 어긋나는 삶의 연속은 우리의 부질없는 생각 때문이지요.

생각이 감정과 기억을 붙잡고 뇌 속을 이리저리 떠돌다가 불쑥 시간차 공격을 하면 시간이 내 편이 아님을 절감하게 되고, 세월이 닫는 삶의 문은 비정하겠습니다.

깨닫는다는 것은 깨고 나서야 알 수 있는 무엇이지요.

깨버려야 할 것은 우리의 심리적인 시간이 되는 것이고

따라서 심리적 기억 앞에 휘둘리지 않는 것이 중요하겠습니다.

시간적인 여유를 가져보라고 하지만

시간의 여유를 가진 사람들이 행복한 것을 본 적이 없지요.

나에게 가는 길

늙는다는 것

베토벤이 〈운명교향곡〉을 작곡했을 때는 청력을 잃은 후라고 하겠고, 밀턴이 《실락원》을 쓸 때는 시각 장애로 딸의 도움을 받았겠습니다. 인간극장에 나온 백령도 봉삼 씨도 시각장애인이지만 동네에서 제일가는 수리공이라고 하지요.

덧없이 흐르는 세월은 우리에게서 하나둘씩 문을 닫겠습니다.

늙는다는 것이지요. 섬세하고 강력하게 작동하던 기능은 점차 불안해지다가 작동 불능 상태에 이르겠습니다.

간혹 병이나 사고로 예고 없이 삶의 문이 닫히는 사람도 많지요.

한창 좋은 나이 때 연출가 송승환 씨에게도 그런 일이 생겼겠는데 평창 올림픽 후에 시력이 급격히 나빠졌다고 하겠습니다.

실제 시력을 잃은 상태에서 연극을 무대에 올렸다고 하지요.

포기와 한탄 대신 그는 여전히 열정의 무대를 선택했고, 단지 좋아하기 때문이며 그게 가장 중요한 것이라고 하겠습니다.

오프라인 무대를 고집하는 그는 비대면 무대에 대하여 "회를 통조림으로 팔 수 없다."라고 말하지요.

그의 지론에 경의를 표하지 않을 수 없겠습니다.

운명이 문을 두드릴 때 자신이 누구인지 분명히 할 수 있는 지혜가 있다면, 누구든지 자기 삶의 주인이라고 할 수 있겠지요.

道 트는 소리

사는 것이 조금 무료해졌다거나 별로 특별할 것도 없고
달라질 것이 없는 채로 그저 그렇게 늙어갈 것 같다는 생각이
자주 든다면 우울함이 찾아왔다고 보면 되지요.

삶의 열정이 없어진 자리에 남은 것이 있겠나?
자신의 고정된 시야를 살펴볼 필요가 있겠는데
누구든 마음만 먹으면 시야를 극적으로 바꿀 수도 있겠습니다.

목표만 집착하는 시야는 좁아서 다른 것이 잘 보이지 않지요.
사냥 성공 확률이 올라가니까 그럴 수는 있겠지만 시야가 점점 넓어
지면 사소하게 여겼던 것들이 재발견될 수 있겠습니다.

그것들의 아름다움에 눈뜨게 되는 것이지요. 물론 그것들은 원래 그
자리에 있던 것이고 후에도 그저 사소한 것으로 남겠습니다.
하지만 우리의 마음은 그것 때문에 감탄을 맛볼 수 있지요.

"아!" 이것은 바보가 道 트는 소리가 되겠고
바보라야 道가 트이겠습니다.

그래서 나이가 들어갈수록 오히려 행복할 일이 많을 수도 있지요.

나에게 가는 길

삶의 재미

좋은 추억은 뇌리에 남아 저장되어서 그런 순간이 다시 왔으면 갈망하겠지만, 그런 상황에 다시 직면하면 그때 그 시절처럼 마음에 와닿지 않는다는 것을 경험으로 잘 알겠습니다.

만족 체감의 법칙이라고 하겠고 아무리 좋은 것도 반복되면 별 감동이 없지요. 그러나 만족했던 과거의 기억을 되살려 반복하다 보면 어느새 습관이 되고, 지루해지고, 과거와 같은 감동을 느끼기 위해 자극의 강도를 더 높이다 보면 중독에 빠지기 십상이니
과거의 기억으로부터 거리두기가 참으로 중요하겠습니다.

나의 경우 술 한잔하려고 몇 시간 전부터는 음식을 먹지 않는 경우가 많지요. 배고픔의 압축으로 한 잔의 즐거움을 배가시키는 것이 되겠습니다.

반면에 너무 감각적이면 의미 없이 삶을 소진하는 경우도 많겠으니 사는 것이 별 재미가 없다면, 재미있는 일과 일정한 거리두기로 관리하는 방법도 좋은 지혜가 되겠지요.

삶의 재미란, 따지고 보면 만족함의 거리두기라고 하겠습니다.
쉬는 것과 노는 것을 적당히 거리두기 하면 더 재미있지 않을까?

노년 한파

나처럼 기저 질환자들의 겨울나기 적정 온도가
26~27도라는 의사들의 말을 듣고 놀랐던 적이 있지요.

영하 10도 이하로 떨어지는 한파의 겨울나기를 할 때는
아무리 꽁꽁 싸매고 나가도 심신이 급랭되겠습니다.

폭설까지 덮치면 설상가상이 되고 30도 이상의
온도 차에 대한 적응력이 참으로 허약하다는 사실을 체득하지요.

허약하다는 것은 몸이 예전 같지 않아서 그만큼 생각이 많아진다는
것이 되겠고, 나이가 들면 그냥 그렇게 될 수밖에 없겠습니다.

매일 전해지는 정보의 홍수에 예민해지고
자신의 예측과 대책 같은 것을 열심히 살펴보지요.

안 그러면 실패를 넘어서 위험에 빠질 수 있기 때문이겠습니다.

건강하다는 것은 심신을 조절하는 능력이 좋다는 것이고
쿨하게 추우면 '춥다', 더우면 '덥다'고 해버리면 그만이지요.

나에게 가는 길

예민하게 미리 준비하지 않아도 상황에 직면했을 때
웬만큼 해결할 수 있다고 하겠습니다.

상황이 생겼을 때 "그렇게 됐구나"로 받아들이지 못하고
"이 일을 어찌하노?" 하면서 전전긍긍하는 것이 문제인데
약하면 이중으로 고통의 화살을 맞을 수밖에 없다는 것이지요.

몸이든 마음이든 건강하다면 웬만한 문제는 부딪혀서 해결할 수 있
겠는데, 있는 그대로 상황을 보게 되고 순간순간에 에너지를 집중해서
해결하는 지혜가 생기겠습니다.

그러면 무너지는 담벼락 앞에 머물러 있지도 않을 테고
배가 뒤집어지기도 전에 물속에 뛰어드는 어리석음은 없겠지요.

문제의 상황에 따라 적절한 대응이 가능해질 수 있겠습니다.

노년 한파에는 몸뿐만 아니라
무너지는 자신의 마음을 특히 더 살펴보는 것이 참으로 중요하지요.

순천 '낙안읍성'
조선 전기의 전통 가옥과 건축 양식이
잘 보존되어 있는 읍성이다.
쉴 틈 없는 삶에 힘겨운 내 마음이 잠시 머문다.

> 66 운명이 문을 두드릴 때
> 우리 자신이 누구인지
> 분명히 할 수 있는 지혜가 있다면
> 누구든지 자기 삶의 주인이라고
> 할 수 있겠지요.
>
> – 본문 중에서 – 99

자유

습관, 감정, 욕망으로부터 초연해지는 것이 자유라고 하겠습니다.

우리 모두가 추구하는 행복이라고 할 수 있겠지요.

이 방향으로 꾸준히 나아간다면 괴로움이 사라지지는 않더라도 괴로움이 줄어들면서 자유롭고 행복한 삶은 커질 수 있겠습니다.

행복은 욕망이 충족되어서 기쁨을 느끼는 것이 아니라

괴로움이 줄어들면서 욕망으로부터 자유로워지는 것이지요.

어떻게 보면 애초부터 괴로움은 그 실체가 없었다고 하겠습니다.

누구도 우리 자신을 구속하거나 어떻게 할 수 없기 때문이지요.

단지, 주어진 환경이 자기 뜻대로 되지 않았을 뿐이겠습니다.

이런 환경에 어떻게 대처하나?

우리 자신이 바라는 대로 환경의 변화를 시도해 보든지, 안 되면 주어진 환경에 적응하도록 노력하는 것이고, 모두 싫다면 주어진 환경을 벗어나는 것이지요.

모든 것은 우리 자신의 선택일 뿐이겠습니다.

이 또한 자유.

인생 꽃

친절하다는 것이 그 사람의 인격이라고 할 수는 없겠습니다.

특히 권력을 가진 사람들이나 유명인에게는 친절하면서 평범한 사람들에게는 거만한 사람들이 있지요. 고학력일수록 이중인격자가 많은 것도 놀랍지 않겠습니다.

지식은 많은데 지혜롭지 못한 사람들이고 머리에 잡식만 가득 차 있다고 하겠지요. 말은 유식한데 행동은 무식하기 짝이 없는 부류도 많겠는데, 모여 앉으면 거짓말 자판기 같은 유튜브 속의 근거 없는 세상 이야기들을 주워듣고서 모두가 이래저래 죽일 놈이 되겠습니다. 소득은 3만 달러, 의식은 1달러 수준이지요.

성공이란 무엇인가? 잘살면서도 자기보다 잘 사는 사람을 부러워하며 항상 만족하지 못하는 삶에는 답이 없겠습니다.

겨울을 지나야 꽃을 피우는 개나리는 저온을 거쳐야만 꽃이 피는 것이 순리고, 눈부신 삶의 꽃도 혹한을 거친 뒤에야 피는 법.

봄에 파종하는 봄보리 보다, 가을에 파종하여 겨울을 나는 가을보리의 수확이 훨씬 더 많고 맛도 좋지요. 인생의 열매도 가을보리처럼 겨울을 거치면서 더욱 풍성하다는 것이고, 역경을 헤쳐 나온 사람일수록 강인함과 지혜의 향기로움이 깊다고 하겠습니다.

성공한 '인생 꽃'이 되지요.

나에게 가는 길

삶의 성숙

삶의 결정적인 사건 사고들은 항상 느닷없이 닥쳐와서
우리를 짓누르는 압도적인 현실이 되어버리지요.

이때 무방비 상태에서 커다란 상실과 상처를 입게 되겠습니다.

그렇다면 우리가 할 수 있는 일은 뭔가?

기존의 삶에 닻을 내려서 원상회복을 바라며 견뎌보거나
닻을 올리고 폭풍의 삶으로 항해하는 것이지요.

그 끝에 무엇이 있든
어느 쪽으로 선택하든 삶의 중대 사건들은
우리에게 치열하게 경험하며 성숙하라고 요구하겠습니다.

위기상황을 기뻐할 수는 없어도
어떤 기회 정도로는 생각할 필요가 있다는 것이지요.

우리는 성숙해야 할 존재들이고
또 삶이 가만 놔두지도 않겠습니다.

장년의 나라

가진 것이나 경험이 많고 복잡한 관계들에 얽혀 있는 장년들은
혁신적으로 변화하기란 참으로 어렵겠습니다.

가진 것이 별로 없거나 책 밖의 세상을 잘 모르고, 속박과 열정의 힘
을 동시에 가지고 있는 청춘들만이 그 순수함으로 세상과 맞서 싸울
수 있는 것이지요.

그렇게 막힌 곳을 뚫어내겠고
알면 못 하는 것이고 알고서는 불가능하겠습니다.

인구 역전, 고령화, 젊은 층의 감소는 단순히 경제적 측면으로만 봐
서는 안 되겠는데, 늙은 사람이 많으면 그 국가도 늙는 것이고, 새 생
명들의 울음소리가 끊어진 곳의 문제는 훨씬 복합적이지요.

우리나라의 평균 연령은 50대에 근접해 있고 장년의 나라에 접어들
었다고 하겠습니다. 장년은 지식, 쌓아온 경험, 이상과 직면한 현실이
머릿속에서 조화롭게 무르익는다는 계층이기도 하지요.

그래서 긍정의 희망이 있는 것이고, 그런 희망을 붙잡고 나아가는
것이 장년을 대하는 올바른 자세가 되겠습니다.

나에게 가는 길

좋은 선택

괴로움은 자신의 지나친 욕망 때문이겠습니다.

욕망은 살아 있다는 것이고
결국, 산다는 것은 괴로운 것이지요.

우리에겐 두 가지 길이 있겠습니다.

욕망하며 고통받을 것인가?
욕망을 훅 불어서 꺼진 촛불처럼 되게 할 것인가?

어느 쪽이든 결코, 만만치 않다는 것이고
확실히 산다는 것이 쉬운 일은 아니겠지요.

각자 좋은 선택으로 좋은 삶의 여정이 되길.

백일몽

방향이나 속도를 조절하지 못하는 투수는 반쪽이 되지요.

나이가 들어서 100m 달리기를 하면
상·하체가 따로 놀게 되니 엎어지는 걸 조심해야겠습니다.

생각이 오버 되거나, 말하다가 갑자기 흥분한다거나
처음엔 툭툭 시비를 걸다가 묻지마 폭력으로 발전하는 등

모두 통제력의 문제가 되지요.

그로기에 몰린 선수가 내뻗는 주먹이나
정신이 혼미한 상태에서 내뱉는 아무 말 또한

통제되지 못한 주도권이 상실된 상태라고 하겠습니다.

우리는 어느 사건이 생기면
'적당히'가 안 되는 경우가 많지요.

화산폭발 같은 감정은 격렬하게 흥분하거나
지나치게 침체하는 것으로 나타나게 되겠습니다.

나에게 가는 길

그것은 엄청난 에너지를 발산하게 되지요.

이걸 제어하지 못하게 되면
우리가 잡아먹히고 마는 꼴이 되고 말겠는데
이런 속도만능주의 사회는
우리를 병적인 정신 상태로 몰아넣게 되겠습니다.

그렇다면 감정은 무엇을 믿고 날뛰나?

내 안에 좋은 것과 안 좋은 것이 있다는 믿음 때문이지요.

좋은 것은 붙잡고, 안 좋은 것은 피하려는
고집이 문제의 뿌리가 되겠습니다.

그러나 막상 "좋은 게 뭐고?"하는 물음에는 답이 궁색하지요.

"좋은 게 좋은 거 아니겠나"

기대하지 않으면 실망도 없겠고, 스스로 써 내려가는
스토리가 없으면 성공이나 실패라는 것도 없겠습니다.

욕망을 충족시키기 위하여
비현실적인 세계를 꿈꾸는 백일몽이 없으므로
삶이 좋고 나쁜 뭔가가 있는 것처럼 착각하지도 않게 되지요.

제주도 '한라산 윗세오름'
제주도에는 오름이 360개 이상이 있다.
제주 사람들의 생활 근거지였고, 외세 침략 때에는 항쟁의 거점이었으며
4 · 3 사건 때는 민중 봉기로 무고한 양민이 학살된 비극의 역사를 품고 있다.
한라산은 그런 역사를 지긋이 내려다보고 있겠다.

66 많은 꽃들이 아름다운 것은
약한 빛도 찾아내
그쪽으로 얼굴을 낸다는 데 있지요.
삶이 흐를수록 연륜보다는
좋은 생각으로 살아야겠습니다.

– 본문 중에서 – 99

에고와 까르마

오십 줄에 들어서면서 삶을 보는 생각이 바뀌기 시작하겠습니다.

살아내야 할 나머지 삶에 대한 어떤 목표를 두기 어려웠지요.
그저 일상이 생의 종착역을 향해가는 과정으로 보았고, 딱히 큰 병이나 죽을 만큼의 번뇌 같은 것은 없었겠습니다. 또 언제 생을 멈출지는 알지도 못하지요. 삶의 문이 갑자기 닫힐지 서서히 나를 끌고 갈지도 여전히 모르겠습니다. 하지만 어떻게 살아가든 생로병사의 문틈 사이로 스멀스멀 들어가고 있음을 느낄 수는 있지요.

이런 마음의 소용돌이 속에서
삶을 대하는 태도가 어찌 변하지 않을 수 있겠나?

그래도 크게 미련은 없겠고, 그저 나머지 삶에는 괴로움이 적어서
자주 웃을 수만 있다면 여한이 없겠습니다. 틈틈이 지혜의 향을 뿜어내는 사람들과 함께하기를 갈망하지요.
조금 부족하게 살면서 이웃에게 상처 주지 않고, 자유롭게 살아야 한다면서도 그러지 못하는 현실이 나의 삶이 되겠습니다.
스스로도 감내하기 힘든
살면서 쌓아 올린 에고와 까르마가 두고두고 문제가 되지요.
Namu ego karma 보살.

삶의 피로물질

나이가 들수록 삶의 불안과 초조함은 좀 특별하겠습니다.
바닷물이 드나드는 교차점에서 느끼는 감정?
용을 그리려고 했는데 뱀을 그리게 되어버린 느낌?
타다 만 장작 같은 느낌?

엎어놓은 모래시계처럼 흐르는 무심한 세월 앞에 힘은 빠져나가고
올바르게 성공하고 싶은 신념은 점점 멀어져만 가지요.
대다수는 원하는 것을 얻기 위해 많은 노력을 하겠습니다.
지나친 책임감과 워커홀릭을 식은 믹스커피로 달래면서….
그런 삶이 옳다고 해도 그것이 현명한 삶인지는 의문이 있지요.

자신이 원하는 것을 향해가고 있는데도 힘이 든다면, 혹시 신과 돈
을 함께 찬양하고 있는 것은 아닌지 살펴볼 필요가 있겠습니다.
"마음이 가난한 자는 복이 있나니 천국이 그들의 것임이요."
이렇게 모순적인 두 개의 목표를 동시에 쫓다 보면 삶의 힘을 크게
소모시킬 수밖에 없지요.
근면, 혁신, 능률, 친절, 창의성 등과 같은 말은 삶을 소진시키는 피
로물질과 다르지 않겠습니다.

그러니 내려놓고 푹 쉬고 나면 한결 나아지겠고, 눈에 초점이 돌아
오면서 활력도 넘치겠지요. 그런 힘으로 또 살아내겠습니다.

　　　　　　　　　　　　　　　　　　　나에게 가는 길

다른 길

예전에 방송에 출연한 적이 있겠습니다.

1시간 생방송이었고 그것을 위해서 일주일 꼬박 준비를 했지요. 나중에는 과몰입의 증상이 나타났는데 24시간 무얼 하든 그 내용을 암송하고 있겠습니다. 일상생활을 하면서도 완전히 그 일에만 몰입하는 것이 가능하다는 걸 그때 알았지요.

나이 들면서 잃어버릴 것밖에 없는 것처럼 보일 때가 있겠습니다.

잘못하면 우울과 슬픔을 깔고 살게 되지요. 질병, 파산, 이혼, 죽음 등 자신의 신념이 무너지는 세상은 문제이고 삶을 꽉 막히게 하겠습니다. 그것이 삶이 들이미는 화두가 되는 것이지요.

하지만 그것에 막혀서 이러지도 저러지도 못할 때가 새롭게 비상하는 기회일 수도 있겠습니다. 직면한 삶의 문제와 지금까지의 나 자신이 해체될 가능성이 생기는 것이지요. 문제가 해결되는 것이 아니고 내가 좀 더 자유로워지는 것이 되겠습니다.

평생을 문제를 해결하며 사는 삶도 있고
문제는 있지만, 문제가 되지 않는 삶을 사는 사람도 있지요.
다른 길이 있다는 것을 살펴 알 수 있는 안목은
우리의 삶을 결코 배반하지 않겠습니다.

파주 '서오릉'
'서쪽에 있는 다섯 기의 능'이란 뜻의 서오릉은
남양주에 있는 동구릉 다음으로 규모가 큰 조선 왕릉군이다.
경릉, 창릉, 명릉, 익릉, 홍릉이다.
또한 서오릉에는 명종의 아들 순회세자와 공회빈 윤씨의 원(순창원)
영조의 후궁이자 사도세자의 생모인 영빈 이씨의 원(수경원)
숙종의 후궁이자 경종의 생모인 희빈 장씨 장희빈의 묘도 함께 있겠다.

66 평생을 문제를 해결하며 사는 삶도 있고
문제는 있지만, 문제가 되지 않는 삶을 사는 사람도 있지요.
다른 길이 있다는 것을 살펴 알 수 있는 안목은
우리의 삶을 결코 배반하지 않겠습니다.

– 본문 중에서 – 99

찐 라이프

나이 오십 중반을 적당히 넘어서야 프리랜서가 되기로 결심하고
다니던 직장 밖으로 나섰겠습니다.
그로부터 3년 남짓 맨땅에 헤딩하듯 좌충우돌하면서도 유유자적한
일상을 보내고 있지요.

연주인의 세계에서 작가까지, 좋은 프리랜서가 되기 위해
오늘도 열렬히 달리는 찐 라이프 그리고 코로나19 팬데믹.

'세상에 여전히 만만하지 않다'는 진리와
'세상에 할 일은 많다'는 사실을 실감하겠습니다.

'인생은 마음먹기 달렸다'는 이치를
오로지 온몸으로 관통하며 터득해가는 시간들이 되고
하루하루를 삶의 그 어느 순간보다 치열하게 살고 있지요.

이런 나의 일상은 삶의 전환점이 될 것이고
여여히 나아가려는 마음을 다지기 위해 글을 쓰겠습니다.

비록 보잘것없을지언정 무한 도전은 현재 진행형이고
언제나 그렇듯 가장 열렬하지요.

디지털 인연

가끔 맛집을 찾아가면 어떤 가게들은 문을 닫은 곳이 있겠습니다.

대부분 코로나19의 영향을 크게 받은 것이겠지요. 잠시 단절의 아쉬움과 인연의 무상함을 느끼겠습니다. 우리의 관계가 주문과 배달 관계로 급속히 변하고 있는 중이지요. 비대면 온라인으로 일상의 일 처리가 부스터샷을 맞은 것처럼 대세로 자리 잡겠습니다.

이런 변화로 개개인의 삶이 온라인에서 잘 구현될 수도 있겠지요.

그런데 우리들 사이의 이야기는 어떻게 되는 것인가?

디지털은 개인의 이야기와 거래를 확실히 구분해주고

이야기도 sns상으로 잘 담아줄 수는 있겠습니다만.

뭔가 아쉬움이 남는 것은 무엇인가?

찬찬히 살펴보면 디지털 탓이라고만 할 수는 없겠습니다.

산다는 게 다 그런 것인가?

깊이 만나지 못하는 삶에서 우리의 만남 자체가 증발해 갈 수밖에 없겠지요. 그러나 인간은 만남 없이는 안 되는 존재인 것은 분명하겠습니다. 어떻게든 만남은 계속될 수밖에 없겠지요.

만남이 있는 한, 새로운 삶도 계속될 것이라고 위안 삼겠습니다.

나에게 가는 길

기저질환

갑작스러운 추위가 나 같은 기저 질환자에게는 생명에 대한 위험을 증폭시키는 요인이 되겠습니다. 몸이 먼저 알고 상태가 변하는 것이고, 몸의 움직임이나 뇌의 활동이 떨어지고 확실한 '집콕'을 요구하지요. 베란다 문을 열다가 식겁하고 잽싸게 닫겠습니다.

추위에 직면하면 혈관이 좁아지면서 생기는, 경제로 치면 긴축발작 같은 것이 되겠고 생존을 위해 어부처럼 되어가지요.
지혜로운 어부는 바다가 내어주는 만큼만 받아서 누릴 뿐, 무리하지 않는 것이 생존의 비결이듯 무리하지 않으려면 자신이 만들어가는 이미지를 손봐야겠습니다. 물론 자기 모양새가 깨어져서 생기는 손해는 감내해야 하고, 이때 가장 어려운 것은 남에게 미움을 받는 것이 아니라 주위 사람들의 실망을 두려워하는 마음이지요.

여러모로 위축된 삶이 될 수도 있지만, 그래도 할 수 있는 일은 많다는 것이고 그 속에서도 희로애락은 다 있겠습니다.
나이가 지긋한 사람들은 자신의 한계를 대충은 알고 있지만, 한파 같은 삶을 넘어가야 하는 현실은 안타깝지요.

그러나 자신의 한계를 받아들이고 한계가 주는 제약 또한 받아들이게 되면 좀 더 편안해지고 보다 나은 삶을 살 수 있지 않을까.

마음의 근육

나만 유별나게 역경의 파노라마 같은 인생을 산 것이 아니라
누구나 겪은 인생이라고 하겠습니다.

지난날들을 필름처럼 늘어놓으면
장년이 되면서 맛보는 씁쓸한 한 편의 영화 같기도 하지요.

공부와 취업 그리고 결혼, 자녀 양육이 힘들었던 건 물론이고
직장에서는 전생의 원수 같은 악인을 만날 수도 있겠고
만약 없었다면 자신이 악인일 수도 있었음을 알겠습니다.

'힘들다'는 것은 '힘이 들어온다'는 의미지요.

운동할 때처럼 조금씩 횟수와 무게를 올려가면서
현재의 근육을 찢어버리면 새롭고 강한 근육이 만들어지겠습니다.

이처럼 힘들 수밖에 없는 삶의 여정에서
마음의 근육도 찢어지는 고통으로 커지는 것이고
점점 성숙해질 수 있음을 알아차리는 것이 지혜이지요.

보통으로 산다는 것

우리는 탁월하기를 갈망하겠습니다.

한계를 넘어서서 많은 사람들 가운데 우뚝하기를 바라지요.
열심히 노력하고 운까지 받쳐주면 높은 사회적 위치나
한 분야의 전문가가 될 수도 있겠습니다.

삶의 시간이 흐르면서 성취하고
그것을 유지할 수 있는 뛰어남도 어렵지만
우리나라에서는 그저 보통의 삶도 쉽지 않다는 것을 절감하지요.

무탈히 하루가 저무는 것만으로도 저절로 감사하게 되겠습니다.
그리고 세상뿐만 아니라 마음속이 평범함을 받아들이고
누릴 줄 아는 것이 진정으로 큰 축복이라는 것도 느끼게 되지요.

바람이 멈추면 파도는 저절로 잦아드는 법이고, 풍랑 속에서도 가진
것 없는 일엽편주는 흔들릴지언정 가라앉는 일은 없겠습니다.

문제는 어떻게 바람을 멈출 수 있나?

보통으로 산다는 것이 보통 어려운 일이 아니지요.

정읍 '호남제일정 피향정'
앞은 피향정, 뒤에는 호남제일정이 있다.
한여름 정자에 누워 태평세월을 보내기에는 안성맞춤이겠다.

> 정자가 편안하여 늙은이는 즐길 것이고
> 정자가 아늑하여 어린이를 감싸줄 것이네
> 날아갈 듯이 우뚝 솟아있어
> 근심이 있는 사람은 태평해지고 밝고 새로워져
> 백성들과 함께 할 것이네
>
> – 이승경 현감 '피향정 중수기' 중 –

꿈에서 깨어나기

여리여리하던 스무 살 때 기억이 엊그제 같은데
벌써 육십 한 갑자를 바라보는 나이가 되겠습니다.
나름 치열한 순간들을 살았는데 지나고 보니 일순간이고
그 시절을 돌아보면 꿈을 꾼 것 같다고 하겠지요.

세상이 꿈 같다면 그 세상 속에는 나도 있는 것인가?
세상만 꿈같은 것이 아니라 나도 꿈인가?
이런 생각이 우리에겐 도움이 될 수도 있겠습니다.

밖에서 밀려오는 상황들로도 이미 골치 아픈 세상에서 자신도 꿈의
일부라고 생각하는 것은 스스로 만든 욕망을 내려놓기에 충분하다는
의미이지요. 그것이 통찰인지 위대한 포기인지는 사람에 따라서 차이
는 있겠지만, 가벼워지고 안정된 상태가 되면 복잡한 삶의 문제를 더
효율적으로 처리할 수도 있겠습니다.
집중을 방해하는 잡념이 없어지기 때문이지요.

인생이 짧은데 예술이 길 이치가 없듯이
세상이 꿈같다면 나만 실제라고 하는 것은 문제가 있겠습니다.
나쁜 꿈에서 벗어나 좋은 꿈을 꾸는 것이 아니라
꿈에서 깨어나는 게 중요하지요.

갈망

　나이를 먹어가면서 뇌의 쇠퇴가 일어나겠습니다.

　그래서 꿈을 성취할 능력이 떨어져 가겠는데 개인차가 크겠지만 인지력과 행동력이 분명 약화되지요. 반면에 경험을 쌓고 성취하는 패턴이 반복될수록 삶의 신선함은 떨어지겠습니다.

　또 바라는 것을 성취하더라도 별로 행복감을 느낄 수 없지요.

　진부하기 때문이겠는데 나이 들면 삶은 지루한 것이 되겠습니다.

　우리의 뇌는 이러한 불만족을 어떻게 대처하나?

　아이러니하게도 더 큰 갈망을 불태우면서 극복하려고 하지요.

　"저번엔 좀 그랬지만 이번엔 진짜 끝내줄 거야!"

　이런 식으로 삶을 궁지로 몰아넣겠습니다.

　담배, 술, 섹스, 도박과 같이 중독된 삶이 되는 것이고, 삶의 만족은 회복되지 않고 갈망은 더 거세지는 '소금물 마시기'가 되지요.

　불교에서는 갈망이 자신을 옭아맨다고 하고, 갈망을 이루는 것이 자유가 아니라 벗어나는 것이 참 자유라고 하겠는데, 갈망이냐 열망이냐는 본인만이 답할 수 있겠습니다.

　그러나 '갈망으로부터 벗어나자!'라는 갈망을 품어봄 직하지요.

　하지만 이것마저도 갈망은 갈망일 뿐이겠습니다.

　방향이 조금 다를 뿐.

　　　　　　　　　　　　　　　　　　　나에게 가는 길

사소한 것

우리의 삶은 아이러니하지 않은 것이 거의 없다고 하겠습니다.

생명도 다르지 않겠는데 생명의 아이러니란 가장 의미가 없는 것에 크게 의존하고 있다는 것이지요. 물은 며칠, 체온은 몇 시간, 호흡은 몇 분, 음식 없이 몇 주 정도는 견딜 수 있겠습니다.

음식과 물과 체온과 호흡은 모두 자체로는 해결이 안 되는 것들이지요. 모두 외부에 의존하고 있고, 그중에서도 공기라는 흔한 것에 치명적으로 의존하고 있겠습니다.

인생을 꼭 백 년의 삶으로 받아들일 필요가 없겠지요. 순간순간 목숨이 왔다 갔다 하는 것이 바로 호흡이라는 것을 사무치게 느낄 수 있겠습니다.

10여 년 전 내린천에서 래프팅 사고로 물속에서 의식을 잃어버린 순간 "아, 이렇게 죽는구나!" 하는 생각이 들었던 기억이 있었지요. 그래도 실제로는 조금이나마 숨을 쉬고 있지 않았을까? 숨통을 열고 자신과 주변에 훈기를 불어넣어 부드럽고 촉촉하게 사는 삶에 관심을 가지는 것이 좋겠습니다.

음식은 기껏해야 네 번째인 것이고, 분명한 것은 부귀영화의 삶이 생명에는 별 도움이 안 된다는 것이지요. 오히려 사소하고 하찮은 것이 사는데 가장 중하다는 것을 아는 것이 참으로 중요하겠습니다.

정읍 '동학농민기념관'
동학농민운동은 반외세, 반봉건이라는 시대적 과제를
담아내고 있는 사건이다. 정읍에 있는 기념관은
혁명 과정을 담아낸 시설을 잘 운영하고 있겠다.

때를 만나서 천지가 힘을 합했건만
운을 다하니 영웅도 스스로 어찌하지 못하는구나.
백성을 사랑하고 정의를 세움에 내게 무슨 허물 있으랴만
나라를 위하는 일편단심 그 누가 알아주리.

– 정봉준, '절명시' 중 –

죽음을 기억하라

　평온에 대해서 생각해 볼 필요가 있겠습니다.

　코로나19와 변이 바이러스, 치열한 외교, 전쟁, 에너지 대란, 안으로
는 미친 집값, 혼돈의 주식, 사라지는 지방과 단종되는 인구 등 이대로
는 도무지 평온을 유지하기 어렵지요.

　우리는 모두 투자자이고 물질이나 정치, 종교적 신념을 배팅하고 있
으니 일상이 빅매치의 연속이 되겠는데, 어떤 이는 영끌로 응원하고
어떤 이는 직접 참전하기에 승패에 따른 큰 대가를 치를 수밖에 없겠
습니다. 어쩌다 우리는 저축이 아닌 도박 사회에 살게 되었고, 극심한
불안과 트라우마를 피할 수 없게 되었지요.

　그래서 잠시라도 멈추고 성찰하는 삶이 필요한 것이고, 그러면 한쪽
에서 기다리고 있던 평온을 발견할 수 있겠는데 이런 평온과 만나기를
소망하며 살아야겠습니다.

　치열할 땐 치열한 것이 멋진 삶이 될 수는 있겠으나 소나기가 종일
내리면 홍수가 된다는 것도 기억해야겠고, 가끔씩 일상의 코드를 뽑고
호젓하게 차를 마시거나 '멍때리기'를 권하게 되지요.

　정신이 맑지 않고 마음이 꿈틀거리면 외쳐보겠습니다.

　memento mori!

II.
길 위의 번뇌
길 위의 행복

우리는 백 세까지 어떻게 행복할 수 있는가?

위대하고 현명한 사람들은
모든 집착과 고통에서 자유로워지고
모든 차별에서 해방되었으며
모든 이분법적 사고에서 초월한 사람들이다.
- 애욕망경 -

안동 '도산서원'
퇴계 선생은 5년에 걸쳐서 서당을 지었고
후학들을 가르치며 인간의 참된 즐거움을 얻고 싶어 했다.
인간 고유의 가치와 인간다움을 성찰한
퇴계 선생과 제자들의 글 읽는 소리가 생생하다.

"

순임금 친히 질그릇 구우며 즐겁고 편안했고
도연명 몸소 농사지으며 얼굴에 기쁨 넘쳤네
성인과 현인의 생각을 내 어찌 알겠는가만
흰머리 되어 돌아와 은거하여 보네.

퇴계 – 도산서당 –

"

삶의 방향성

삶이란 결국은 먹고 자는 것이고, 그 틈에서 활동하는 것이지요.

그런 활동에는 훌륭함과 저급함의 차이는 있겠으나 우리 생각일 뿐이고 우주적으로는 잠시 꿈틀거리는 것에 지나지 않겠습니다. 이런 와중에 우리는 지속가능한 삶을 갈망하겠는데, 그 결과 과거보다 풍족한 삶이 되었지만 삶이 더 건강한 것 같지는 않지요. 또 과학과 의학의 발달로 편하고 장수할 수 있게 되었지만, 그렇다고 삶이 더 행복하지만은 않겠습니다.

조명의 발달로 밤을 낮처럼 환하게 밝힌 결과 늘 수면 부족에 시달리기도 하고, 세상의 흐름은 급속히 빨라지고 있지만, 삶의 방향이 맞는지는 깊이 생각하지 않지요.

먹고 자는 사이에 무엇을 하던 그것은 몸부림에 지나지 않는 것이고 심심풀이 오징어 땅콩이거나 시간 때우기 정도밖에는 되지 않겠습니다. 이렇게 보면 우리와 세상이 별 의미가 없고 아무것도 아닐 수도 있지요. 우리의 이런 관점이 삶이 지나치게 폭주할 때 잠시 멈출 수 있게 하는 해법이 될 수도 있겠습니다.

아무것도 아니어도 좋다고 생각하면 삶의 많은 문제가 해결될 수 있겠고, 문제라고 여겨지던 삶의 많은 것들이 더 이상 문제가 되지 않고 만사가 편안해질 수 있지요.

세상과 나

나이가 들수록 변하는 세상을 쫓느라 힘들었다고 생각하지만
반대로 세상의 입장에서 보면 수시로 변하는 우리를 맞추느라
개고생한다고도 할 수 있지요.

세상이 나에게 태클을 거는 것만 생각할 것이 아니라
세상 입장에서도 우리가 저질러 놓은 일들을 수습한다고
애를 먹고 있음을 알아야겠습니다.

세상도 수시로 변하고
우리도 그것에 맞춰서 수없이 변해가지요.
서로에게 원인이 되고 결과가 된다고 하겠습니다.

그 결과조차도 곧 변해가겠지요.

우리가 '나'라고 생각하는 것은
끝없이 주고받는 현상이라고 할 수 있겠습니다.

이것은 끝이 없는 삶의 과정이고
아름다운 한 편의 파노라마와도 같은 것이지요.

나에게 가는 길

좋고 나쁜 일

살다 보면 크고 작은 길흉이 반드시 따르기 마련이겠습니다.
하지만 우리의 정신력이 점차 자란다면 어떤 역경에 직면해도
반드시 배울 점이 있지요.
하늘이 무너져도 솟아날 구멍을 찾아 살아낸 경험들이 쌓이면
일희일비하지 않으면서 침착하고 담담함이 자리하겠습니다.

나쁜 일에 맞닥뜨려도 마음 에너지가 덜 소진될 것이고 세상을 보는
시각도 그 지평이 더욱 넓어지겠지요. 좀 더 안목이 넓어지면 아무리
좋은 일도 그 속에 재앙의 뿌리를 볼 수 있겠고, 나쁜 일이 일어난 후
에도 회복시키는 놀라운 경험도 할 수 있겠습니다.

삶의 좋고 나쁜 일이란 것이 덩굴처럼 아주 복잡하게 얽혀 있음을
알게 되고, 이런 과정을 알아차리면 역경에 흔들리는 마음이 하나가
되어가는 것을 직감할 수 있겠지요.

더 나아가 세상사를 좋고 나쁨으로 분별하는 마음이 가장 나쁘다는
것도 알게 되겠습니다. 이렇게 되면 붙잡고, 집착하고, 외면하는 마음
이 허공으로 먼지처럼 흩어져 날아가겠지요.

점차 걱정이 잦아들고 무탈한 삶이 될 수 있겠습니다.

과도한 긴장

신경을 너무 쓰면 될 일도 안 되겠습니다.
그러니 가끔씩 딴짓을 해 볼 필요가 있지요.
과도한 긴장은 결국 일을 망치게 되겠습니다.
왜 과도하게 긴장하게 되는가?
성패에 따른 결과가 너무 크면 우리는 경직될 수밖에 없지요.

마지막 한 발로 우승이 결정되는 양궁 선수나 얼마 남지 않은 수험생의 심정을 생각해 보면 능력과 상관없이 상황이 멘탈을 뒤흔들겠습니다. 일의 막바지에 긴장이 고조되는 것은 자연스러운 현상이나, 과정 전체에 과도한 긴장이 걸리면 시야도 좁아질 뿐만 아니라 기억도 잘 안되는 것이지요. 그러니 몸이 받은 것을 수습할 수 있는 시간을 주어야 하는데 우리는 거꾸로 하겠습니다.

악으로 깡으로! 몸과 영혼까지 갈아 넣어서!

과도한 긴장을 어찌 아는가?

목표가 아니라 자신을 향하고, 자신의 부족함과 고통에 초점이 맞춰지고, 하나하나 찬찬히 살피고 있는 자신을 발견한다면, 일상의 여유와 휴식이 필요하다는 것을 알아차려야 하겠지요.

이때는 즉시 한눈을 좀 팔고 딴짓을 할 필요가 있겠습니다.

한 번 음陰하고 한 번 양陽하는 법칙은 만고의 진리가 되지요.

나에게 가는 길

삶은 쓴맛

달달한 것을 좋아하면
적게는 이가 썩고 크게는 피가 썩을 수 있겠습니다.

우리 마음도 마찬가지.

어떤 이는 단 것을 너무 탐하면
마음이 큰 고통을 받는다고 하지요.

몸이든 마음이든
달달함을 많이 찾으면
감각을 크게 둔화시킬 수 있겠습니다.

감각이나 느낌은 그때 그 순간뿐.

그것을 붙잡고 늘어지면 마비된다고 하겠는데
결국은 사리 분별력을 잃게 된다는 의미가 되지요.

삶은 거친 잡곡을 꼭꼭 씹어서 단맛이 날 때까지의 과정을 음미하듯
이 살아야 하는 것이고, 좋은 삶은 쓴맛이 나겠습니다.

치유허무주의

어떤 저자가 자신의 저서에
자식이 공동 저자로 참여하게 된 것을 기뻐하는 글을 보았지요.

20살이 넘으면 어쨌든 자기 인생이고
그래서 자기가 책임져야 한다고 평소 생각해 왔겠습니다.

다양한 사람들의 이야기를 들어보면
가혹한 환경에서 어렵게 살아온 사람들이 많지요.

좋은 품성을 기를만한 좋은 환경을 보기가 힘든 것은 사실이지만,
내가 어쩌다가 이 지경이 되었는지를 설명하는 데 너무 힘을 써버리면
문제라고 하겠습니다.

설명하는 것보다는 이해하는 데 힘써야 할 것이고
타인의 양보를 강요하는 핑계를 대기보다는, 타고 넘어서려고
애쓰다 보면 자기도 모르게 새로운 지평이 열릴 수 있지요.

이유를 알면서도 해결책이 없다고 부정하는
치유허무주의에 나는 동의하지 않겠습니다.

나에게 가는 길

부동산

우리는 두 가지의 기본 영역을 필요로 하겠습니다.

하나는 생계를 위한 집단적 영역이고, 다른 하나는 휴식과 육아를 위한 보금자리이지요. 도시의 밀도가 높을수록 혁신적이고 창의성이 높아진다고 연구되어 있겠습니다. 물론 밀집도는 스트레스나 범죄율을 높이기도 하지요.

보금자리가 없으면 불안하다는 것이 무슨 뜻인가?

동물성을 가진 인간은 신체접촉을 많이 꺼리는 존재가 되겠습니다.

거리를 걷고, 음식점에서 자리를 바꾸고, 대중교통을 이용할 때, 우리 대부분은 부딪히는 것을 피하지요.

신체적 접촉이란 사랑하거나 싸울 때뿐이겠습니다.

위험과 기회, 설렘과 불안을 동반하는 것이 만남인데

보금자리가 안정되지 않으면 만남과 접촉의 긴장을 완화 시킬 수 있는 수단이 문제가 되지요. 삶에서 집의 가장 본질적인 기능이 되니 우리는 편리성, 교육, 자산가치 등으로 집을 선택하겠습니다.

합리적이긴 하지만 사람들이 좋아하는 곳은 폭등하기 마련이고, 누구나 원하지만 아무나 갈 수 없는 웃고픈 일이 벌어지지요.

또 누가 자격이 있는가에 대하여 큰 사회적 문제가 되겠습니다.

디지털시대에 집을 대를 이어 살아야 하나?

실제로 유목민의 삶을 살피면 고단하겠는데

추위를 피해 이동하면서 어린 가축과 어린아이를 다루는 것은 큰 차이가 없지요. 그냥 둘둘 말아서 수레에 싣고 가겠는데, 연약한 동물이나 아이는 길에서 살아남지 못하겠습니다. 취학 자녀를 둔 부모가 집값이 비싸도 쉽게 이사를 못 하는 이유이기도 하겠지요.

신혼을 어디서 시작하는가는 중요한 결정이 되겠습니다.

이 꼴 저 꼴 안 보고 결혼과 출산을 포기하는 것도 늘어나고 있지요. 베이징, 동경 등에서 독거노인을 선택당하는 것은 공통현상이 되었고 밀집된 곳에서 평안하기는 어렵다고 하겠습니다.

평화의 빵을 사람들 입에 공정하게 넣어주는 일인데 그게 쉽겠나?

평안이 아니라 무사가 답일 수도 있겠는데

그냥 아무 일이 없는 것이 진정한 평안이라고 하겠지요.

내가 사는 곳은 교통을 포함해서 살기엔 그만한 곳인데 단 하나, 몇 년 사이 저주받은 집값을 제외하면 그나마 비교적 평안한 것은 무탈하기 때문이겠습니다.

특별히 화가 나거나 우울할 일이 없다는 것이지요.

정부의 정책이든 개인의 선택이든

인간의 동물성에 기초한 주택의 본질적 기능에 초점을 맞춘다면 부동산 문제의 해답이 있을지도 모르겠습니다.

나에게 가는 길

부산 '해운대 LCT'
자연이 바벨탑을 쌓으려는 탐욕스런 인간들의 소유물이 되어 간다.
이들의 오만에 신은 왜 분노하지 않는가?
참으로 슬픈 일이다.

> 우리의 목표는 풍부하게 소유하는 것이 아니라
> 풍요하게 존재하는 데 있다.
>
> – 법정 –

마음의 태풍

온도의 큰 차이가 소용돌이를 만들어 내고, 열적 평형을 찾아 움직이는 것이 태풍이라고 하겠는데, 이렇게 생겨난 태풍은 주변의 여러 요인과 작용하면서 일생을 보내고 마침내 소멸하겠습니다.

바람은 간 곳이 없는데 생채기만 남겨놓지요.

우리 마음속의 태풍은 어떻게 하나?

질풍노도도 정확히 이와 다르지 않겠습니다.

모든 것은 격차에서 시작된다는 이치지요.

자연의 태풍은 막을 수 없는 것이고, 피해를 줄이기 위해 정보를 수집하고 단도리를 할 수 있을 뿐이겠습니다. 그러나 마음속의 태풍은 선제적인 예방이나 조기 대응이 가능하겠고, 그것은 내 마음에서 생겨나는 것이기 때문이지요.

우리나라에 영향을 주는 태풍은 대개 적도 부근에서 발생하겠는데 이처럼 마음의 태풍도 어느 지점에서 주로 발생하는지 알아야겠습니다. 그곳의 기온 차가 많이 나지 않도록 잘 살피고 선제적으로 대응해야겠지요. 잦은 태풍은 격차가 잘 해소되지 않았다는 것이고, 지금 우리가 그런 세상에 살고 있겠습니다.

태풍도, 코로나19 변이 바이러스도, 정신이 돌아다니는 사람들도
삶의 영역 밖으로 비껴갔으면 좋으련만.

　　　　　　　　　　　　　　나에게 가는 길

욕심 없는 마음

　폭염을 식혀줄 요량인 듯 태풍에 이어 가을비가 내리겠습니다.
　창밖 빗소리를 들으며 마시는 커피는 그 맛보다는 향이 좋아진 지 오래되었지요. 비가 그치면 확연히 새로운 계절이 올 것이고 또 그렇게 한 해가 넘어가겠습니다.

　살다 보면 어느 순간 삶의 질주가 멈출 때가 있지요.

　미래를 기약하기 어려울 때 우리가 바라볼 곳은 살아온 과거밖에 없겠습니다. 그런데 이렇다 할 삶의 알맹이가 선명한 사람은 드물고 그래서 "그저 허송세월만 했구나!"하고 탄식하게 되지요.
　하지만 한탄 속에는 얻고 잃음의 프레임이 작동하고 있겠습니다.

　누구를 위한 누구의 프레임인가?
　다른 프레임은 없는가?
　프레임을 가지지 않는 삶은 없는가?

　삶은 흐름이고, 여행이고, 경험인 것이니, 돌아봤을 때 자신을 특별하게 만들어준 추억과 기억들이 없다고 해도 별문제는 없지요. 잘 흘러 여기까지 왔으니 된 것이고, 또 물길을 따라 흘러가면 되겠습니다.
　프레임을 가지지 않는 것은

미래에 대하여 욕심을 가지지 않는다는 말이 되겠고
그러면 과거의 기억도 힘을 쓰지 못하게 되지요.
둘은 서로 짝이기 때문이겠습니다.

무슨 일이 일어나든지 문제가 없다면
무슨 일이 일어났든 상관없다는 방증이지요.

많은 사람들은 욕심이 없을 때의 상실감만 생각하지
욕심을 내려놓았을 때의 자유로움은 생각하지 못하겠습니다.

우리의 삶은 잠시도 멈춘 적이 없지요.

멈추었다고 느낀 것은
자신의 프레임이었을 뿐이고

자신의 생각이었을 뿐.

나에게 가는 길

경주 '양동마을'
600년의 오랜 역사를 간직한 양반 집성촌이다.
유교적 정신 유산과 자연환경이 잘 어우러진 마을 고택에서
압도된 내 마음이 잠시 쉬어 간다.

66

깊고 풍부한 진한 커피향처럼
교양이 잘 쌓이면 저절로 압착되고 추출되어
깊고 풍부한 맛과 향기가 있는
사람이 될 수 있겠습니다.

- 본문 중에서 -

99

기억

앞으로 어찌 될까?

스트레스와 근심의 대부분은
우리 자신의 상상에서 오겠습니다.

그 상상의 재료는 과거의 기억들이지요.

따지고 보면 기억이 걱정의 뿌리가 되겠습니다.
하지만 실제 결과는 언제나 우리의 상상과는 달랐다는 것이지요.

기억 중에서 의미가 있는 것은
"항상 실제 결과는 내 생각과 달랐다"라는 기억뿐이겠습니다.

이런 기억의 결과를 언제나 되뇔 필요는 없겠고
기억은 기억으로 잡아야 한다는 말이 되지요.

이런 좋은 기억이
우리의 스트레스를 막고
걱정을 떨쳐낼 수 있는 특효약이라고 하겠습니다.

나에게 가는 길

모든 날 모든 순간

우리는 추억을 품고 살겠습니다.
그것은 어느 순간 하나의 이미지나 한마디 말
단어 한 구절의 노래 같은 통로로 쏟아져 나오기도 하지요.
당연히 아름다운 추억일수록 그리움도 크겠습니다.
짠한 그리움은 말로 표현할 수 없는 아픔이고
한참 동안 빠져나오지 못하고 자책하기도 하지요.
그러나 꼭 기억해야 할 것은 그건 우리의 느낌일 뿐이겠습니다.

툭! 튀어나와서 진하게 소용돌이치다가 결국은 떠나가는 느낌일 뿐
이고 기억에 불과하다는 것이지요. 그냥 황홀함이나 청양고추의 매운
맛 같은 알싸함 정도로 충분히 느껴주면 그만이겠습니다.
군이 과거에 휘둘려서 기억이 떠나가는 순간까지 따라가서 배웅할
것까지는 없다는 것이지요.

삶의 모든 것은 순간순간 떠올랐다가 사라질 뿐이겠습니다.
그저 여운이 긴 꼬리를 남기며 사라지도록 휘둘리지 않고 신경을 끄
는 것이 최고의 배웅이지요.

비로소 삶의 모든 날 모든 순간이 슬픔이나 괴로움이 아니라
자유롭고 행복한 순간이 될 수 있겠습니다.

호모 쿵푸스

어린아이들이 많이 하는 말은 '심심해'라고 하고
나이 든 사람들의 표정은 '심드렁'이 되겠습니다.
이것도 심심함의 일종이라고 할 수 있겠지만
흰 종이와 검은 종이 정도의 차이겠지요.

아이 때는 어떤 경험이든 처음이고
경이로운 발견의 기쁨이 있겠습니다.

그러나 만추의 인생들에게는 하늘 아래 새로운 것은 별로 없겠고
어떤 경험의 뒤에는 뭐가 얼마나 남는지, 그 경험이 어떤 대가를 요
구하는지 알게 되지요.

"이 모든 괴로움을 다시 맛보란 것인가!"

당연히 가슴이 뛸 리가 없고 마음은 핵 잠수함처럼 가라앉아서
기대 자체가 생기지 않는 것이 되겠습니다.
기대라는 것은 아는 것이 없어야 부풀어 오르는 것인데
대충 알아버린 것이 병이 돼버려
오래 쓴 비누처럼 아무리 비벼대도 거품을 기대할 수 없지요.
그러니 삶이 재미도 없고 무미건조해질 수밖에 없겠습니다.

그럼에도 불구하고 '호모 쿵푸스!'
인간은 평생 경험하고 학습하는 존재라는 것이지요.

학자들에 의하면 배움이 생존을 위한 능력이 아니라
정체성이 된 것은 뇌의 전두엽 때문이라고 하겠는데
그래서 우리 모두는 나이에 상관없이 심심한 상태에서는
행복하기 어렵고 견뎌낼 뿐이겠습니다.

이것을 견디기 위해 취미와 각종 중독, 변태적 취향 등
나름의 다양한 방법을 모색해 보기도 하지만
그것은 배움이 길을 잃고 흘러넘치는 모습이라고 할 수 있지요.

그러나 어떤 사람은 길을 찾아내고 삶이 깊어지기도 하겠는데
경험들을 연결하고, 재발견하고, 재음미하는 과정을 통해서
뇌는 재창출될 수 있다고 하겠습니다.

다시 재미있고, 설레고
의미로 가득 찬 삶을 살아갈 수 있는 것이지요.

매우 드물기는 하지만
뇌는 생생한데 마음이 고요한 삶을 사는 사람도 있겠습니다.

"그러닝게 우리 선조들이 아조 대단한 멋쟁이들이었지요.
부자루도 그냥 맨들지를 안허고, 그것을 즐길 줄 알았거든요.
풍류의 운치가 있었응게요."

- 둥그런 바람, 최 명 희 (1947~1998) -

전주 '한옥마을 부채 문화관'
한옥마을에는 3대 문화관으로 소리, 완판본, 부채 문화관이 있다.
조선시대에는 부채를 만들고 관리하는 '선자청'이라는 관청을 두었을 정도로 부채가 갖는 역사적 문화적 의미가 크다고 하겠다.
선조들은 부채의 반원에 시와 안부를 전하고 세상을 품었다.

> 여행은 돌아옴을 전제로 잠시 떠남인 것이고
> 자연이든 마음이든 나를 만나고 이해하면서
> 직면하는 싱싱한 손맛을 통해서
> 생생한 나로 되살아날 수 있지요.
>
> – 본문 중에서 –

쉬는 법

굳어지면 죽고 부드러우면 살겠습니다.

특히 근육통이나 두통은 자세의 잘못으로 몸이 굳어져 생긴 긴장성 통증이라고 하겠는데 우리 마음도 굳어지면 문제가 되지요.

스트레스가 원인이 되겠고 마음의 불꽃이 타오른다는 의미가 되겠습니다. 잘못된 자세는 몸의 긴장으로 근육에 문제를 주지만 마음속 불길은 오래되면 오장육부가 쑥대밭이 되지요.

"애간장이 타고, 열 받아서 머리가 탄다."라는 말이 이와 다르지 않겠습니다. 찰진 흙이 불에 구워져 질그릇으로 되는 것인데 구워진 것은 깨지는 일만 남았다는 의미가 되지요.

우리 마음속에는 깨진 조각들이 얼마나 많겠는가?

마음이 굳어져서 해를 입는 것이 내상이 되겠는데 조용히 심신에 다시 수분을 공급해야겠습니다. 먼저 불을 끈 다음 말랑말랑하게 속을 회복시켜야겠고, 자신을 들여다보면서 어떤 일에도 'stop'.

쉬는 것이 해법이 되겠고 쉬는 법 또한 배워야겠지요.

어떻게?

자신의 들숨, 날숨 소리에 귀를 쫑긋 세워 보겠습니다.

교양인

세상이 실제로 어떤 모습을 하고 있는지 알 길은 없겠습니다.

개와 사람의 경우, 정보를 수집하는 기관인 눈도 다르고
정보를 수집해서 판단하는 뇌 기능도 다르지요.

개에게 세상은 전기적 신호들로 된 그림일 뿐이고
사람은 모두 이미지 구성 기관을 공통적으로 가지고 있지만
실제 세상을 받아들이고 느끼는 것은 개인차가 있겠습니다.

그래서 우리는 각자의 색안경을 끼고 세상을 보겠는데
교양이란 다양한 색안경이 있다는 것을 아는 것이고
자신이 어떤 색안경으로 세상을 보는지 아는 것이지요.

또 누구든 다양한 색안경을 가지게 될 수도 있겠는데
이것들을 적절히 잘 사용하면 넓은 안목을 가질 수도 있겠습니다.

만약 안경이 하나면 우기게 될 것이고
상대하는 사람들은 피곤할 수밖에 없겠는데
세상을 단색으로밖에 볼 수 없는 것은 큰 불행이지요.

나에게 가는 길

다른 한편으로 교양은 깊어질 수도 있겠는데
어떤 색이든 색안경은 진짜 색을 보는 데 방해가 된다는 사실을
아는 것이고, 그러면 자신의 색안경을 벗어 던지고
있는 그대로의 세상과 마주할 수 있겠습니다.

색안경 없이 사는 것이 가능해지면
자신도 편안하고 상대도 피곤하지 않게 되겠지요.

자신이나 주위 사람들에게는 큰 도움이 되겠고
비로소 소통과 화목이 가능해지겠습니다.

깊고 풍부한 커피향처럼
교양이 잘 쌓이면 저절로 압착되고 추출되어
깊은 맛과 향기가 있는 사람이 될 수 있겠지요.

신념

인류 탄생의 시기에는 힘은
두려움의 대상이기도 하고 숭배의 대상이기도 했었지요.

그 힘이 미워하는 대상이 되는 것이 싫고
가능하다면 쟁취하고 싶은 것이 또 힘이 되겠습니다.
지금 시대에는 신념이 그렇지요.
각자 자신의 신념으로 산다는 것은 별문제가 없겠습니다.

그러나 내가 가는 길이 완전할 것이라는 신념을
자신뿐만 아니라 주위 사람들에게까지 외쳐 대거나
강요하고 있다는 사실을 알아차리는 것이 중요하지요.

믿음이나 신념은 모두 비슷한 말이 되겠는데
단지, 자신의 생각일 뿐이겠습니다.

그때마다 사용하는 것은 좋지만
그것으로 공들여 바벨탑을 쌓아 올리면
예측할 수 없는 수많은 문제에 직면할 수밖에 없지요.

우리가 사는 데 신념이 꼭 필요한 것인지?

나에게 가는 길

회상

"다정한 시절도 있었는데"

"낭만적인 때도 있었는데"

"한참 잘 나갈 때도 있었는데"
...

지금의 나는 그 시절을 기억하지도 못하겠습니다.

어쩌다 가끔 과거의 내 행동이 상기되면 오히려 어색하지요.

"내게 그런 때도 있었구나!"

계절의 변화로 대기가 냉기를 머금고 있겠습니다.

헛헛한 기분에
거실 창으로 관통하는 햇살 한번 얼굴에 맞춰보지만.

흐릿한 공기와
잠에 취한 메마른 내 허파는 한없이 뻣뻣할 뿐.

판단력

청춘들은 조급하고 장년들은 초조해하겠습니다.

각각 나름의 이유는 다르겠지만
모두 다 시간이 없다고 느끼는 것은 마찬가지겠지요.
돌다리도 두드려 보면서 가라는 얘기나
제아무리 바빠도 실을 바늘허리에 묶어 못쓴다는 것은 맞지만
막상 상황에 직면해서 행동에 옮기려고 하면 막연하겠습니다.

책을 읽는 즐거움 중의 하나는 종종 쓸만한 단어나 문장을 건질 수
있다는 것인데 이때 새겨 볼 만한 두 개의 문장이 있지요.

"무너질 담장 아래에 서 있지 마라!"
"배가 아직 가라앉지도 않았는데 미리 물속으로 뛰어들지 마라!"
상황 판단과 타이밍 판단이 되겠습니다.

청춘이든 노년이든 시간의 문제가 아니라
판단력과 타이밍의 문제라는 것이지요.

그 판단력은 어디서 나오는가?
당연히 각자의 몫이 되겠습니다.

나에게 가는 길

익산 '백제 왕궁리 오층석탑'
고려 시대에 만들어진 오층석탑의 꼿꼿함이 강렬하다.
도도함과 진중함이 서린 백제 무왕의 혼으로 유구한 세월을 의연하게 견뎠음을 말해 준다.

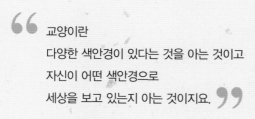
교양이란
다양한 색안경이 있다는 것을 아는 것이고
자신이 어떤 색안경으로
세상을 보고 있는지 아는 것이지요.

– 본문 중에서 –

생각 속의 일

우리는 원하는 것을 얻으려고 노력하지만
결코, 얻지 못해서 일어나는 고통은 참으로 크겠습니다.

안타까운 것은 금쪽같은 시간을 낭비하는 것이지요.
미련을 못 버려서 소중한 현재를 빼앗기고
허황된 희망을 걸면서 미래를 저당 잡히는 꼴이 되겠습니다.

행복하기를 원했을 뿐인데
불행의 개미지옥을 벗어나지 못하지요.

자기 분수를 알고, 작은 것에 만족하고
일상에 감사하며 사는 것...

좋은 선택은 갈증 자체를 이해하고 넘어서는 것이 되겠습니다.
그러면 삶에 직면하는 무엇이든 즐길만한 것이 되지요.
그러나 우리는 쉬운 길을 두고
굳이 가시밭길을 자초하고 있는지도 모르겠습니다.

무엇을 구하는 것이나 거절당하는 괴로움도
모두 우리 생각 속의 일일 뿐이라는 것이지요.

나에게 가는 길

가을 인생

인생이 무상하다는 것을 느끼며 살고는 있지만
어느 순간에는 그것을 절감할 때가 있겠습니다.

생명의 나약함과 영원할 수 없는 것들에 둘러싸여서
우리는 쓸쓸하다가 우울해지기도 하지요.

인생이 가을 햇살처럼 느껴지겠습니다.

광채가 나고 눈부시게 빛나지만 짧아서 아쉽고
잠시 따듯했다가 빨리 식어버려서 시리지요.

그러나 우리의 이런 생각이나 감정마저도 무상하겠습니다.

모든 느낌은 각자의 서로 다른 파동에 따라왔다가 사라지지요.

삶이든 생각이든
무상하기에 구원이 되겠습니다.

그러나 무상하지만 허무하게 떨어지지는 않는다는 것이
인생이라는 아름다운 여행이지요.

익어서 떨어지는 것

많은 사람들은 정신없이 활동하고
더 많이 획득함으로써 행복해질 것이라고 믿으며 살지요.

하지만 인간은 자신의 관념에 얽매이지 않고
있는 그대로 마음을 비추어 알아차리는 것만으로도
온전히 행복해질 수 있도록 진화되어 왔겠습니다.

나이가 들어가면서 느끼는 상실감의 원인은
열심히 살면서 무엇이든 얻는 것만 생각하기 때문이지요.
개인차가 크겠지만 젊어서는 열정으로 살고
나이 들어서는 지긋이 관조하는 경향이 있겠습니다.

행동하고 경험하는 자아가 점차 살피고 성찰하는 자아로 바뀌는 것
이지요. 등산은 올라가는 것만 생각나게 하지만 모든 산행은 내려가는
길도 포함한다는 것을 알아야겠습니다.

내려가는 길을 알아차리고 즐기는 사람은
올라갈 때는 보지 못했던 황홀한 풍광을 볼 수 있지요.

익어서 떨어지는 것이 아름다운 가을입니다.

나에게 가는 길

잊혀진 계절

가을 해는 짧아서 바닷가 고향 달동네는 이른 저녁에도
그늘이 짙어지면서 차가운 기운이 밀려들곤 했겠습니다.

추위를 잘 타던 나에게는 놀이의 즐거움이 춥고 배고픔으로 바뀌는
시간이기도 했지요. 집집마다 굴뚝에서 연기가 피어오르고 온기와 밥
물 냄새를 따라 집으로 돌아오면 연탄을 피우느라 타닥타닥 소금 튀는
소리가 날 때도 있겠습니다.

가장 기억에 각인된 것은 냄새였지요.
연탄 타는 냄새가 몸에는 극약 같은 것이었지만
어린 나에겐 소소한 행복감을 주었던 기억이 있겠습니다.

냄새는 본능적인 것인지는 알 수 없지만
지금도 뭔가 타는 냄새는 내게 강렬한 느낌을 주지요.

요즘은 낙엽도 태우지 않는다고 하지만
어디선가 그리운 고향 냄새가 날 것 같은 계절이 되겠습니다.

좋은 계절에 시절 인연을 만나
맑은 인향이라도 맡을 수 있으면 좋으련만.

부산 '영도 절영해안로'

영도의 옛 이름 절영도에서 유래하여 '절영해안로'라고 이름하였다.
바닷가의 흰여울 문화마을은 '한국의 산토리니'라고 하지만
피난민의 팍팍했던 삶과 나의 가난했던 유년 시절이 오버랩되기도 한다.

마음의 무거운 짐을 내려놓고
산보하듯 삶의 여정을 가는 것이
걷는 자의 지혜가 되겠습니다.

- 본문 중에서 -

개그우먼의 죽음

인기 개그우먼의 죽음 소식을 접하면서
삶을 간신히 이어가는 사람들이 생각보다 많은 것 같겠습니다.

우리에게 삶의 좋은 기억이나 희망적인 미래보다는
현재를 살아내야 하는 고통이 더 가까이 있다고 하겠지요.
애써 생각하지 않아도 감각으로 느낄 수 있고
삶의 고통이 스며드는 힘도 강해서 과거든 닥쳐올 미래든
암울함이 스물스물 일상을 파고들겠습니다.

우리 삶이 여전히 만만치 않다는 것이고
어쩌면 죽음을 주머니에 담아둔 채 사는 것인지도 모르지요.
그러니 하루하루의 일상에 집중해야 하겠습니다.
삶의 모든 날 모든 순간들은 우리에게 주어진 역할이니 별도리가 없
지요. 하지만 누구든 삶의 좋았던 순간, 따뜻한 순간들은 몇 번 더 보
고 느끼면서 조금 천천히 여정을 가야겠습니다.

고인의 하늘길 여정도 그랬으면.

먼저 별이 되신 어머니와 함께
괴로움이 없는 행복한 곳에서 영면하기를 기원하지요.

내뱉는 말

삶은 머물 수 없겠습니다.
삶의 국면마다 끝도 있고 실패도 있는 것이지요.

우리는 말에 휩쓸려서 자신과 타인을 낙인찍어 버리겠습니다.
그러면 헤어나기가 어렵지요. 말은 안목이고 식견인 것인데 특정 단어밖에 떠오르지 않는다면 세상을 그 정도밖에는 볼 수가 없겠습니다.

다른 방향으로 생각할 수 없다면 과열된 엔진 같은 마음이 냉각될 수가 없지요. 결국, 폭발의 위험을 키울 수밖에 없겠습니다.
생각의 길은 에너지가 흘러가는 길이기도 하기 때문이지요.

좋은 생각이란 마음의 과열을 배출할 수 있는 말을 선택하는 힘이 되겠습니다. 다르게 보면 끝은 새로운 시작이며 실패는 어느 시점에 필요한 마무리일 수도 있지요.

내뱉는 말이 무슨 죄가 있겠나?

우리 마음이 스스로 묶이기도 하고
풀려나기도 한 것뿐이지요.

나에게 가는 길

자신의 닻

어린아이들은 정직하겠습니다.
정신없이 뛰어놀다가 언제 그랬냐는 듯이
금방 쓰러져 잠이 들고 일어나면 또 미친 듯이 뛰어놀지요.

우리 몸도 이와 다르지 않겠습니다.
특히 감정이 그렇겠는데 마음을 억누르지 못하고 솟구치는 대로 표시하고 목놓아 울다가도 금방 목젖이 보이도록 웃기도 하지요.

나이나 철이 든다는 것은 느낌과 반응 사이에 기술이 들어간다는 의미가 되겠고, 어떻게 보면 그것은 지혜로운 생활이 되겠습니다. 이것은 생각과 감정을 좀 더 세련되게 표현할 수 있도록 하겠는데 자신의 삶을 잘 나타날 수 있게 해주는 능력이 되지요.

어린아이처럼 살지 않으면 천국에 가지 못한다 말을 알고 있지만
어른이기 때문에 아이들처럼 들이밀고 살 수는 없겠고, 그래도 해법이 있다면 적절한 표현과 자신을 속이는 것을 구분할 줄 알면 되겠습니다.
우리는 자신의 감정에 대해서 덮어두고 왜곡하는 등을 자기도 모르게 행하고 있다는 것이고, 당연히 상처는 더 크고 오래 갈 수밖에 없지요.
세련된 감정 표출도 중요하지만 다급한 것은 내면이라고 하겠으니

과거의 자기감정에 직면하게 되면 그것을 인정한 후에 타협해야 하겠습니다.

과거의 것을 분명히 인정하게 되면 지금의 삶도 더 잘 직면할 수 있겠고 존중받을 수 있겠다는 것이지요.

닻을 올리지 않고서는 배는 항해할 수 없는 것이니
지금 삶이 힘들고 혼란스럽게 느껴진다면
자신이 고집스럽게 내려놓은 닻을 잘 살펴볼 필요가 있겠습니다.

나에게 가는 길

경주 '감포 문무대왕암'
죽어서도 용이 되어 왜구로부터 나라를 지키겠다는
문무대왕의 유언이 담겨 있는 해중왕릉이다.
감포 바다의 파도 소리에 대왕의 거친 숨소리가 느껴진다.

> **"**
> 닻을 올리지 않고서는
> 배는 항해할 수 없는 것이니
> 지금 삶이 힘들고 혼란스럽게 느껴진다면
> 자신이 고집스럽게 내려놓은 닻을
> 잘 살펴볼 필요가 있겠습니다.
>
> **- 본문 중에서 -** **"**

라이프스타일

간편하고 편리해진 세상인 것은 분명하겠습니다.
자판기나 햄버거 같은 패스트푸드만을 의미하지는 않지요.
사회가 기다리는 시간을 줄이는데 맞춰져 있고
이것을 잘 해내는 곳에 큰 대가가 주어지는 흐름이 되겠습니다.
하지만 세상이 편해졌어도 마음은 여전히 심란하다는 것이 문제지요. 서비스는 즉석에서 빠르게 주어지는 세상이지만 자신의 삶에 문제가 생겼을 때 적절한 행동을 하는 사람은 드물겠습니다.
오히려 결정장애에 빠지는 경우도 허다하지요.

이때 우리가 알아야 할 것이 편리함은 자유의 일부를 준 것이 아니라 매사에 의존성을 크게 키웠을 수도 있겠습니다.
이것을 알면 삶의 자생력에 대해 눈뜨게 될 수도 있지요.
자생력을 얻는다는 것이 "나는 자연인이다!"가 아니라
마음을 살피고 자신만의 그림을 그려보는 것이 되겠습니다.
이런 성찰을 통해 사물을 환상이 아닌, 있는 그대로 볼 수 있게 된다는 것이지요. 삶에 어둠이 내리더라도 당황하거나 방황하지 않고 익숙한 길을 더듬어 자신만의 여정을 갈 수 있겠습니다.

인스턴트에서 더 나아가 즉시 반응할 수 있는 라이프스타일을
갖춘다면 더욱 멋진 삶이 연출 될 수 있겠지요.

나에게 가는 길

떠남

힌두인들은 인생을 네 단계로 생각한다고 하겠습니다.

태어나서 배우고 자라는 시기, 가족을 이루고 먹여 살리기 위해 분투하는 시기, 노동을 떠나 지혜를 나눠주는 시기, 관계가 부과하는 모든 책임과 의무에서 벗어나서 숲으로 들어가 세상의 진리를 탐구하는 시기이지요.

우리는 가끔씩 홀연히 떠나기를 원할 때가 있겠습니다.

사랑하지만 세상의 사랑하는 것들은 또 번뇌의 다른 말이기도 하기 때문이지요. 그러나 원한다고 되나?

결국, 속절없이 삶에 사랑에 묶이고 부림을 당하게 되겠습니다.

꼭 외딴섬이나 오지 숲속에 나 혼자 집을 짓고 살아야 홀로 있는 것은 아니겠지요. 의외로 쉬운 방법은 바쁜 일상을 살면서도 과거의 잘못을 성찰하고 새롭게 시작하면, 숲속을 자유롭게 유랑하는 삶이 기다리고 있음을 항상 기억하는 것이 되겠습니다.

"언젠가는 두고 떠난다. 두고 떠나는 것이 자유다."

'memento mori'는 우리 자신이 어쩔 수 없는 죽음을 기억하는 것이지만 완성을 위한 떠남은 자신만이 할 수 있고, 해야 하는 일이라는 것을 상기하는 것이지요.

변덕스런 날씨가 거칠게 봄을 깨우고 있겠습니다.

나는 누구인가?

삶은 다툼의 연속이고 특히 자기 자신과의 다툼이 대부분이지요. 그래서 진정으로 극복해야 할 대상은 자신이라고 하겠습니다.

에베레스트를 등정한 힐러리는 정복한 것은 산이 아니라 자기 자신이라고 했지요. 세상보다 자기 내면을 살피고 돌보면 세상의 크고 작은 변화를 잘 타고 넘을 수 있겠습니다.

우리는 평생을 자기 스스로를 어쩌지 못해서 괴로워하고 삶의 무게를 감당할 수 없어서 좌절을 맛보기도 하지요. 결국, 자신이 큰 자산이면서 때론 감당하기 힘든 적이 되기도 하겠습니다.

인생은 자신이 시작해서 자신으로 귀결되는 것이고

삶의 모든 문제와 그 해결책도 자신 안에 있다는 것이지요.

삶의 문이 닫힐 때 남는 것도 자신뿐이겠습니다.

괴롭고, 불안하고, 화나고 슬픈 것도, 세상과의 모든 다툼과 괴로움도, 모두 자신 때문에 일어난다는 이치를 아는 것이 중요하지요.

우리는 자신에게 걸려 넘어지기를 반복하면서 평생을 살겠습니다.

반복된 성찰을 통해서 자신의 내적 변화를 알아차리고, 그 변화의 소용돌이를 조금씩 이해한다면 일상의 크고 작은 괴로움들을 조금씩 벗어날 수 있겠지요.

자신이 누군지를 조금씩 알게 되면

좀 더 자유롭고 행복한 여정을 갈 수 있겠습니다.

마음공부

우리가 살아가는 세상은 대칭에 의존하겠습니다.
이것이 있으면 저것 또한 생겨난다는 법칙이지요.
모든 일에는 대가가 따른다는 의미이기도 하겠습니다.

수영을 배우려면 물을 좀 먹어야 하겠고
자전거를 배우려면 번번이 넘어지는 것을 감수해야 하듯이
적당히 감이 잡힐 때까지는 소정의 대가를 치를 수밖에 없지요.

마음공부도 이와 다르지 않겠는데, 괴로움을 벗어나 자유롭기 위해
서는 크고 작은 실패의 연속을 감내해야겠습니다.
감수성까지 예민해져서 그냥 넘길만한 일도 번뇌와 속박이 되지요.
역설적으로 우리의 눈이 밝아지고 있는 것이기도 하겠습니다.

본능, 고정관념, 습관 등으로 실패를 거듭하다 보면
어느 순간 감이 오기도 하고 감이 잡히기도 하지요.
시점은 불확실하지만 처음 수영이나 자전거를 배우듯이
때는 반드시 오겠습니다.

지금 삶이 괴롭고 자유롭지 못하다면
잘 되고 있다는 방증이기도 하지요.

순천 '송광사'
법정 스님의 무소유 길과 불일암을 품고 있는 천년 고찰이다.
번뇌의 어리석음을 넘어 무심과 무욕의 사찰이다.
고요함이 아름답고, 잠시 걸림이 없는 내 마음이 미묘하다.

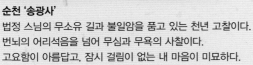

인생은 자신이 시작해서 자신으로 귀결되는 것이고
삶의 모든 문제와 그 해결책도 자신 안에 있다는 것이지요.
삶의 문이 닫힐 때 남는 것도 자신뿐이겠습니다.

– 본문 중에서 –

롤러코스터 일상

살다 보면 예상치 못했던 문제가 발생하거나 올 것이 오고야 말았다고 생각되는 등 갑작스런 순간들에 직면하면 당황스럽지요.

우리가 자극에 반응하면서 살아가는 생명체라고는 하지만, 상황에 직면하면 자극을 살피고 행동하는 것보다는 무의식적인 무조건 반사에 가깝다고 하겠고, 감정적 반응이라고도 할 수 있겠습니다.

이런 반사가 좋은 것인가?
찬찬히 살핀 후 행동하는 것이 더 좋은 것인가?
이런 의문의 문제는 아니라고 하겠습니다.

우리는 오랜 세월 동안 진화하면서
감정과 이성 모두를 생존과 발전을 위해 다듬어왔지요.

문제는 어느 한쪽에 지나치게 의존할 때 생긴다고 하겠습니다.
느낌과 감정을 무시하지 않으면서도 살핌을 통해서 좀 더 객관화시키는 사람들에게 위기는 기회가 될 수 있지요.

바이러스로 인한 롤러코스터 같은 일상 속에서
이런저런 상념이 있겠습니다.

깨어나기

간절히 원해도 온전한 삶을 살지 못하는 사람도 있고
그토록 원했던 삶이 되어도 스스로 떠나는 사람이 있겠습니다.

떠밀려 가고, 또 그냥 두고 가는 마음이 오죽하겠나?

언젠가 떠나야 한다는 것은 태어난 순간에 이미 정해진 순리지요.
다만 그때를 모를 뿐이고, 그래서 엎어놓은 모래시계 같은 삶에서
내일이 있다는 것은 어쩌면 꿈인지도 모르겠습니다.

삶이 영화 같은 것이라면 하루하루는 필름 한 장 한 장이라고 할 수
있겠지요. 그러니 영화가 영사기와 착시효과에 의존하듯, 우리의 삶도
실감이 나는 착각일 뿐이겠습니다.

하루가 모여 일생이 되는 것이 아니라 하루가 그냥 온전한 일생인
것이고, 다음날은 또 다른 일생이 되는 것이지요.
그러니 지나온 세월에 쓸쓸하다고 할 일도 슬퍼할 필요도 없겠고,
이미 지난 어제와 아직 오지 않은 내일은 우리의 오늘에 개입할 수 없
는 것이기 때문이겠습니다.

다만 잠에서 깨어나듯, 중독된 삶에서 벗어나는 것이 중요하지요.

나에게 가는 길

관계 I

굳이 만나지 않아도 된다거나 딱히 크게 끌리지 않는다면
만나지 않는 관계를 생각해 보겠습니다.

삶의 기회가 대부분 관계에서 오는 것이니 이런저런 사람들과의 만남은 중요한 일이긴 하지만, 나쁜 관계는 많은 괴로움을 불러올 수 있기에 신중해야 하지요. 좋은 관계를 만드는 것보다 더 중요한 것은 나쁜 관계를 만들지 않는 것인데 무작정 들이밀면 답이 없으니 만남도 운이 중요하겠고, 나쁜 운을 피할 수 있는 지혜는 만남에 신중해야 한다는 것과 관계를 함부로 맺지 않는 것이 되겠습니다. 잘못된 만남은 좋은 관계를 맺을 수 있는 시간과 심력을 고갈시키기 때문이지요.

사람을 보는 안목이란 것이 이런 인맥의 운을 좌우하게 되고
당연히 나만의 원칙을 가지고 인연을 맺어야겠습니다.
분별없이 만나면서 좋은 인연을 바란다면 그만큼 직면하게 될
악연도 감내해야 하고, 그렇게 되면 삶이 피곤할 수밖에 없지요.

나이가 들수록 어떤 상황에 누굴 만나는 게 좋은 것인지 반드시 자신만의 원칙이 있어야 하겠는데, 이런 원칙은 악연이 쉽게 생기지 않도록 하면서 삶을 보다 더 생기 있게 만들 수 있겠습니다.

관계 II

누군가에게 도움을 주는 것은 나를 위하는 일이고
내가 좋아서 하는 것이라고 생각하면 되겠습니다.

나는 싫은데 힘든데 피곤한데 등 이런 식으로 상대를 위하는
경우는 대부분 끝이 좋지 않다는 것을 경험으로 알 수 있지요.

그저 내가 좋고 행복하기 위함이고, 나답게 살기 위해 도움을 준다
고 생각할 때 평정심을 유지하면서 무리하지 않을 수 있겠습니다. 도
울 땐 돕고 거절할 땐 단호히 거절할 때 결과에 대한 상대의 반응에 상
처받지 않을 수 있지요.
처음 시작부터 이 일은 내가 좋아서 한 것이고 당신 생각과는 다를
수 있으니, 싫으면 언제든 그만둘 것이라고 생각해야겠습니다.

상대가 원해도 자신이 감당할 수 없으면 그만둘 수 있다고 원칙을
세워야겠지요. 경계의 원칙을 분명히 하면서 신념이 뚜렷한 사람이 아
닌 이상, 경계가 흐릿한 사람과는 피하는 편이 좋겠습니다.
만약 거절하기 어렵다면 내면을 찬찬히 살펴볼 필요가 있지요.

사랑받고 싶은 마음
인정받고 싶은 마음이 강한 것은 아닌지.

나에게 가는 길

타인을 보는 오해

그가 누구든 서로의 마음은 같을 수가 없겠습니다.
서로 생각하는 방식이 많이 다르다는 의미겠지요.

"나와 비슷하게 생각하겠지"
그렇게 생각하고 싶겠지만 전혀 그렇지 않겠습니다.

사람은 우리의 생각보다 많이 다르다는 것이고
자기 자신도 감당하기가 쉽지 않은 존재라는 것이지요.
당연히 상대의 마음은 어찌할 수가 없겠습니다.

평안을 원한다면 스스로 감당할 수 있는 범주를 넘지 말아야겠고
상대를 위한다는 마음이 자칫 교만한 마음으로 변하기에 십상이지요.
잘 조절이 되면 결과적으론 상대를 위하는 것이 되겠습니다.

누구든 강물처럼 흐르는 존재이고, 지금 머물러 있으면서도 끊임없
이 흐르고 있는 것이지요. 그래서 매일매일 새로운 사람인 것이고 상
대를 함부로 판단해서는 안되겠습니다.
우린 그저 자신의 삶을 살고 있음을 알아야겠지요.

모든 것이 상대를 보는 오해에서 비롯되겠습니다.

영월 '청령포'
상왕 복위 실패 후 단종은 영월 청령포에서 유배생활을 했고
뜻밖의 큰 홍수로 관풍헌으로 처소를 옮긴 후 세조에 의해 그곳에서 사사되었다.
단종의 삶에서 황망한 우리의 삶이 투영된다. 그래서 그의 역사는 언제나 짠하다.

> 원통한 새 한 마리 궁에서 쫓겨난 후
>
> 외로운 몸 그림자 한 자락 푸른 산 헤매네
>
> 밤마다 자려 하나 잠은 오지 않고
>
> 해마다 한을 없애려 하나 없어지지 않는구나
>
> 울음소리 끊어진 새벽 산엔 으스름달 비추고
>
> 봄 골짝에는 피 토한 낙화가 붉도다
>
> 하늘은 귀먹어서 이 하소연 못 듣는데
>
> 어쩌다 서러운 이 몸은 귀만 홀로 밝았는가

단종 – 자규시(소쩍새 시) –

*어린 단종은 저녁에 홀로 자규루에 올라
부인 정순 왕후가 있는 한양을 바라보며 애절하게 읊은 시다.

행복 여행

쉬는 틈에 날을 빌린다는 휴가는 틈을 내어 쉰다는 의미가 되겠습니다. 하던 일로부터 잠시 떠남을 의미하기도 하겠고, 쉰다고 할 때는 휴식이라고 하겠는데 글자대로 '休'는 사람이 숲속에 있다는 의미이고 숲과 사람은 산소와 이산화탄소의 상호작용이 되니 몸을 자연에 맡기는 것이 '쉼'이라고 하겠지요.

마음의 휴식은 세상이 아닌, 자신의 마음을 들여다보는 것이고
도시를 떠나 자연에 가까운 곳으로 떠나는 여행을 휴가라고 말하는 것은 적절하다고 하겠습니다. 자신을 찬찬히 살피고 회복하는 것은 집이든 여행이든 삶에서 반드시 해야 하는 작업이지요.

눈과 입이 호강하는 유람도 좋은 힐링이 되는 것은 사실이지만
마음도 닦고 조이고 기름칠해야겠는데, 외면하고 쌓이다 보면
괴로움의 독촉장이 뭉치로 날아들겠습니다.

여행은 돌아옴을 전제로 잠시 떠남인 것이고, 자연이든 마음이든 나를 만나고 이해하면서 직면하는 싱싱한 손맛을 통해서 생생한 나로 되살아날 수 있지요. 여행에 동행하는 사람과 오래된 벗들은 덤이고 축복이 되고, 그래서 온전히 고마운 시간이 되겠습니다.
행복 여행에 함께하는 모든 이에게 축복이 가득하길.

새길

　과거와 미래, 살아 있음과 죽음 이후에 대한 모든 생각은 말 그대로 우리의 생각일 뿐이겠습니다. 그것은 개인적으로나 함께 경험할 수 있는 영역 밖의 말이기 때문이겠는데, 아직 태어나지 않은 자는 흔적이 없고 죽은 자는 말이 없지요.

　생각이 견해로, 신념에서 신앙으로 넘어가는 것은 그만큼 넘기 어려운 장벽이 막고 있다는 것이고, 우리는 부딪히고 넘어져 가면서 이것이 나고, 저것은 세상이라고 생각하겠습니다. 시행착오를 통해 얻고 버리기를 반복하며 마음을 만들어가고, 가설과 검증으로 조각을 맞춰가며 자신과 세상에 대한 그럴듯한 그림을 그리기도 하지만, 삶과 죽음에 대한 무지는 여전히 제자리지요.

　관점을 바꾸어서 볼 필요는 없나?

　몰라서 문제가 아니라 알려고 하는 것이 문제는 아닌가?

　그래서 누구는 이성의 한계를 말하고, 누구는 모르는 것은 침묵하라고 하겠습니다. 붓다는 인간과 세계, 과거와 미래, 삶과 죽음에 대해 인간이 어떤 생각을 하든 다 망상이라고 했지요.

　감옥 안에서 따지는 것은 무의미하다고 하겠습니다.

　그러니 감옥 밖으로 나와야겠고, 그러자면 우리가 삶의 감옥 안에 있음을 알고 감옥의 불편함과 고통에 대해 느껴야겠지요.

　아닌 길을 가지 않다 보면 새길이 열리는 이치라고 하겠습니다.

물난리의 교훈

중국의 물난리는 예나 지금이나 심각하겠습니다.

옛날엔 홍수를 막기 위한 제방을 주로 쌓았고
중국의 대도시들은 X자 형태로 위치해 있지요.
장강을 따라 중경, 우한, 그리고 하류에 상하이가 있고 여기에 북쪽
의 베이징과 남쪽의 광저우가 우한을 중심으로 철도망이 놓여 있으니
지리적으로 우한이 중국의 중심이라고 하겠습니다.

치수가 어려웠던 옛날에는 물을 막지 못한다고 생각되면
제방을 무너뜨려 하류의 큰 도시를 우선 보호하는 선택을 했지요.
지금은 홍수 예방을 위해 강 주변에 범람을 위한 장소를 만든 '방홍
구'라는 개념으로 발전해서, 수문 등의 시설과 주택 건설을 불허하는
식으로 관리한다고 하겠습니다.

물난리도 난리듯이 우리는 살면서 뜻하지 않은 난리를 만나게 되겠
는데 홍수에 비유하자면, 댐으로 다스릴 수 있으면 최선이 되겠고, 수
문을 열어 위험을 조절할 수 있으면 차선책이 되지요.
그리고 살을 주고 뼈를 베는 것이긴 하지만, 치명적인 피해를 당하
지 않기 위해서는 작은 피해를 감수하는 것은 차악이라고 할 수 있겠
습니다.

최악이 되는 것은 시행자의 판단 착오가 되지요.
막을 수 있을지에 대한 판단에 따라 의사결정이 달라지겠고
이것이 잘못되면 치명적인 타격을 입을 수밖에 없겠습니다.

우리의 삶은 투쟁과 도피의 반복이라고 할 수 있겠으나
끼어드는 수많은 변수들이 앞을 가리고 계산을 흐리게 해서
정확한 판단과 신속한 대응을 방해하지요.

흔히 말하는 잡음과 신호의 교란 같은 것인데
쉽지는 않지만, 유사시에 가장 필요한 것은 평정심이 되겠습니다.

누구나 있기 마련인 마음의 편향은 급할수록 밀쳐 놓아야 하지만
문제에 직면하면 전혀 그렇지 못한 것이 현실이지요.

오히려 기존의 성향대로 해결하려 하겠고
그 결과는 원하는 방향으로 되지 않고 끝나 버리겠습니다.

이런 사고는 하루아침에 되는 것이 아닌 만큼
평소에 차근차근 준비하고 연습해두어야 하겠지요.

범람은 고통스러운 것이지만 결과는 비옥함도 가져다주겠는데
잘 보내고 나면 풍요를 누릴 수도 있겠습니다.

나에게 가는 길

침착의 힘

느닷없는 일을 당하면 우리는 크고 작은 쇼크를 받게 되지요.

쇼크란 전혀 예상하지 못했거나 예상은 했지만
설마 했던 일이 벌어진 경우에 생기겠습니다.
상황이 심각하다고 느끼면 마음은 과거로 달려가게 되지요.

어디서부터 잘못된 것인가?

"그때 그러지 말고, 그랬어야 했는데"라고 후회를 해보지만
이것은 흔들린 감정일 뿐, 성찰이라고 할 수는 없겠습니다.
실상은 현실을 받아들이지 않고 있는 것이 되겠는데
어느 정도 이해는 되지만 너무 오래가서는 안 된다는 것이지요.

마음의 힘은 한정되어 있고 상황 또한 만만치 않겠지만
현실을 부정한다거나 후회와 자책에 매몰되지만 않는다면 충격은
조금씩 진정될 수 있을 것이고 비로소 생각을 할 수 있겠습니다.

무슨 일이 일어난 것인가?
어떤 선택이 있는가?
어떻게 풀어가나?

이런 물음에 먼저 살펴야 할 것은, 중요한 이익은 무엇이고
꼭 지켜야 할 자신의 가치는 무엇인지 명확해야 한다는 점이지요.

물은 이미 엎질러졌는데 모든 것이 잘됐으면 좋겠다고 할 수는 없는
것이고, 지켜야 할 것이 확실해지면 풀어가는 방법은 매우 유연하고
현실적일 수 있겠습니다.

일보 후퇴나 돌아가는 방법도 사용할 수 있겠고
전략적 자산인 경력, 인맥, 내공 등을 잘 이용할 수도 있지요.

초기 충격 때 멘붕에 빠지지 않는 것이 중요하겠는데
문제에 직면하면 진지해지는 사람은 많아도
침착을 유지하는 사람은 드물겠습니다.

따라서 침착함이 문제에 집중할 수 있게 해주겠는데
어떻게 침착해질지를 생각하기 전에 침착해야 하는 이유를 아는 것이
중요하겠고, 모든 좋은 결정에는 늘 침착함과 좋은 이해력이 있지요.

힘은 올바르게 보는 데서 나오는 것임을 알고
모두 어렵고 혼란한 시대에 침착함을 유지하면서 힘내시길.

나에게 가는 길

해남 '고산윤선도유적지'
조선 최고의 문인이자 정치가였던 고산 윤선도 선생의 유적지는
우리나라 최고의 명당자리로 알려진 곳이다.
해남 윤씨의 600년 종택은 시조의 대가였던 선생처럼
누구든 최고의 시인이 될 수 있을 만한 품격을 갖추고 있겠다.

> 동풍이 건듯 부니 물결이 고이 인다
> 돛 달아라 돛 달아라 돛을 달아라
> 동호를 돌아보며 서호로 가자스라
> 지국총 어사와 지국총 어사와
> 앞 뫼는 지나고 뒷 뫼는 나아 온다

윤선도 – 어부사시사 봄노래 중 –

삶은 반복의 과정

크게 곧은 것은 굽어 보인다고 하겠습니다.

자연은 직선보다 곡선이 효과적이라고 하겠는데
느리게 가는 것처럼 보여도 더 빨리 도착하는 이치지요.
뇌와 근육은 천천히 발달하고 한동안은 부모에게 의존하겠는데
지식과 사회성은 이보다 더 천천히 발달하겠습니다.
어쩌면 오랫동안 훈련을 받는 것이 되겠고
요즘은 사회 진출 전에 삼십 년 정도의 준비 기간을 갖지요.
그럼 그 두 배의 기간을 세상에서 써먹겠습니다.

생물학에서 '유태보존'이라고 하는데
어린 시절을 오래 연장해서 경쟁력을 가지는 전략이지요.
인류가 지구를 제패한 핵심전략이라고 할 수 있겠습니다.

비슷하게 물리학엔 '우회축적'이라는 개념이 있지요.
엄청난 교육열, 국가의 인프라 투자, 기업의 전략적 투자가 여기에
해당되겠고, 일만 시간의 법칙도 여기 숟가락을 올리겠습니다.

급할수록 돌아가라는 말도 있지만
초고속 시대에 왜 속도를 줄이라는 것인가?

나에게 가는 길

비둘기의 속도는 140㎞.

매의 속도는 160㎞.

매가 그냥 날아서 비둘기를 잡기는 확률이 높지 않지요.

그래서 매는 먼저 수직으로 내리꽂겠습니다.

그러다가 최대 속도에서 몸을 비틀어 수평비행으로 전환하지요.

이때의 속도가 320㎞.

비둘기의 반사 신경 두 배 이상의 속도가 되겠습니다.

뚜렷한 목표물, 내려가겠다는 결심, 추락 속에서 정신줄을 챙기는 집중력, 극한의 시점에서 방향 전환의 판단력까지 고도의 협응력이 필요하겠는데 시간이 걸리는 이유가 되지요.

성공하기 전까진 모두 실패인 것이고, 도착하기 전까진 모두 방황이 되겠는데 그래도 할 만한 가치가 있다는 것이고, 목표가 저마다 다를지라도 이치는 다를 바가 없겠습니다.

살아가면서 '주의 깊은 반복'을 할 거리가 있는 것도 좋지요.

성공은 잊어도 좋고, 실패해도 상관없고, 실패의 악몽에 숙면이 어렵기도 하지만, 그러다 문득 깨는 것이 인생이 되겠습니다.

그러니 나의 방법은 실패하고 방황하는 것이 되고, 이것도 자주 하면 별문제가 없다는 것이지요.

각자 조금씩 다른 삶의 과정일 뿐.

욕망

어떻게 사는 것이 행복한 삶인가?
성공하여 사회적 지위가 높으면 행복한가?
큰 집과 멋진 차, 재산이 많으면 행복한가?

어떻게 보면 우리는 한국인이라는 사실만으로도
행복한 좋은 환경을 선물 받았다고 할 수 있겠습니다.

지금도 지구촌 곳곳에서는
기아와 전쟁으로 고통스럽게 살고 있는 사람들이 부지기수지요.
범죄로 불안한 일상을 받아들이며 사는 사람들도 많겠습니다.

이와 비교하면 이 나라에 태어나서 산다는 것은 큰 축복이지만
우리 주변에는 불행한 사람이 생각보다 많다는 것이지요.

우리나라의 행복 지수가 50위 정도라는 UN의 통계도 있겠는데
선진국 지위임을 감안하면 상당히 낮다고 하겠고
청소년으로 한정하면 여러 해 동안 꼴찌에 가깝다고 하겠습니다.
그러니 좋은 환경이 행복의 충분조건이 아닌 것이지요.

그렇다면 괴롭고 불행한 삶은 어떤 것인가?

　　　　　　　　　　　　　　　나에게 가는 길

주위 사람들의 눈으로는 별것 아닌 것도
당사자는 감내할 수 없을 만큼 큰 괴로움이 있을 수 있겠습니다.

외모가 일의 큰 비중을 차지하는 어떤 연예인이 말하지요.
"저는 손톱이 너무 못 생겨서 죽겠어요."

이 같은 말을 들으면 조금 생뚱맞기도 하지만
당사자에게는 그게 큰 괴로움이듯 누구든 괴로움은 있겠습니다.

괴로움은 이처럼 상당히 주관적이라고 할 수 있겠고
달리 말하면 괴로움을 떨칠 수 있는 것은 우리 자신이지요.

만약 지금의 괴로움을 해결했다고 하더라도
또 다른 괴로움은 반드시 찾아오겠습니다.

손톱이 예뻐지면 손가락이 신경 쓰이게 될 테니
괴로움의 뿌리는 자신의 욕망임을 알아차려야겠고
욕망을 조금씩 내려놓으면 괴로움도 그만큼 가벼워지겠지요.

문틈으로 행복이 스멀스멀 찾아들겠습니다.

고정관념

사람에겐 다양한 면이 있겠습니다.
그러나 사람들은 상대의 한쪽 면만 보고 좋아하는 경향이 있지요.
또 싫어할 때는 다른 쪽 면을 본다고 하겠습니다.
양쪽 면이 다 있었을 텐데 자기 마음에 따르거나 어떤 상황이냐에
따라 바라보는 면이 다를 뿐이라는 것이지요.

우리는 상대를 잘 본다고 장담하지만
결국, 자신에게 비친 상대를 볼 뿐이겠습니다.
그렇게 사랑하고 실망하며 살아가는 것이지요.
우리가 살면서 쌓아 올린 고정관념은 쉽게 변하지 않아서
과거와 지금을 크게 다르지 않게 보는 경우가 많겠습니다.

과거에 볼 때나 지금 볼 때 거슬리는 부분이 있었을 텐데
다만 보이지 않았거나 보지 않았을 뿐이지요.
마찬가지로 과거에 좋아하던 부분 역시 지금도 갖고 있겠는데
내가 보고 싶지 않다거나 상대가 나와의 관계에서는
더이상 보여주지 않을 뿐이겠습니다.

살면서 자신이 만든 고정관념을 살펴보고
빨리 벗어나는 것이 참으로 중요하지요.

나에게 가는 길

두 개의 문장

입만 열면 틀리고 실수를 밥 먹듯이 하게 되니
나에게 말이란 참 곤란한 물건이라고 하겠습니다.

말이 무슨 죄가 있나?

쓰는 사람의 식견이나 인격의 문제일 뿐이지요.

"저것을 버리고 이것을 취한다."라는 장자의 글이 있겠습니다.

선택의 어려움이 있고 긴장이 있기는 하지만
결과는 자연스러움에 합류하는 것이어서
그 끝은 편안하다는 말이지요.

"벗어날 수 있다면 길이 아니다."라는 글도 있겠습니다.
큰 안도감을 줄 뿐만 아니라 존재의 불안을 없애주는 말이지요.

상반되는 듯한 두 개의 글이 동전의 양면과 같겠고
골짜기와 능선의 관계처럼 다르지 않겠습니다.

삶의 화두로 삼을 만하지요.

삶의 주인

우리는 자기 앞에 직면한 삶의 문제만 없어지면
당연히 행복할 것이라고 생각하겠습니다.

그러나 문제가 없어지면 의욕도 함께 없어지는 게 더 큰 문제가 되
지요. 오히려 시련이 있어야 삶이 윤기가 나고 생동감이 있다고 하겠
습니다.

남태평양의 사모아 섬은 바다거북들의 산란 장소로 잘 알려져 있는
데, 봄이면 바다거북들이 수천 킬로 이상 먹이 사냥을 마치고 태어났
던 해변으로 돌아와 모래 구덩이에 알을 낳는 장면은 생명의 신비라고
할 수 있지요.

알에서 깨어난 새끼들이
바다로 돌아가는 모습은 경이롭기까지 하겠습니다.

과학자들이 산란기 바다거북에게 진통제를 주입하는 실험을 해 보
았는데 고통 없이 알을 낳았지만, 충격적인 일이 일어나지요.

진통제를 맞았던 거북이들이
자신이 낳은 알을 모두 먹어 치워 버리는 장면이 되겠습니다.

나에게 가는 길

연구자들에 의하면 알을 고통 없이 낳은 결과
모성 본능을 상실했을 것이라고 추측하지요.

이처럼 우리의 인생도 밝은 날만 지속된다면
오래지 않아 멈출 수밖에 없겠습니다.

물론, 우리는 어둠을 싫어하지만
잠시의 어둠이 있기에 삶을 지속할 수 있는 것이지요.

낮이든 밤이든 모두 우리 삶의 일부가 되는 것이고
어둠을 통해서 빛이 더욱 빛나듯이
삶의 장애들을 통해서 더욱 풍요로운 삶을 꿈꿀 수 있겠습니다.

사는 동안 숱한 장애들 중에 타고넘지 못할 것은 없겠고
문제를 그대로 받아들이고 능력만큼 풀어가면 되지요.

원망이나 체념, 오버하지 않는 것이 중요하고
과거를 돌이킬 수는 없어도 현재는 바꿀 수 있겠습니다.

삶의 주인은 언제나 자신이지요.

군산 '선유도'
선유도는 고군산군도의 중심지로서 서해의 중요한 요충지다.
임진왜란 때는 해상교통요지였고, 고군산 8경의 중심부라고 하겠다.
풍광이 좋아서 신선이 놀았다는 설화는 지어낸 말이 아닌 듯하다.

> 낮이든 밤이든 모두 우리 삶의 일부가 되는 것이고
> 어둠을 통해서 빛이 더욱 빛나듯
> 삶의 장애들을 통해서 더욱 풍요로운 삶을 꿈꿀 수 있지요.
>
> – 본문 중에서 –

성공한 삶은 무엇인가?

우리는 과학적으로 진화해서 잘살게 되었다고 할 수 있겠지만
많은 사람들이 그만큼 행복해 보이지는 않지요.

마음에 불안의 뿌리가 있는 것은 아닌가?
언젠가는 죽는다는 것에 대한 두려움?

철학자 하이데거는 바보만이 괴로움 없이 삶을 즐길 수 있고, 죽음
의 불안과 공포가 정신의 밑바닥에 늘 존재한다고 하겠습니다.
부자가 시중을 받으며 샴페인을 마시고 천국 같은 곳에서 산다고 해
도 죽음의 공포 때문에 진정한 삶의 만족감은 느낄 수 없다고 하지요.
우리가 직면하는 불안은 먹고 사는 문제가 아니라 자신의 존재에 대한
무상함을 생각하기 때문이라고 하겠습니다.

성공하는 삶이란 어떤 것인가?

우리는 훌륭한 사람이 되어야 한다는 가르침을 수없이 받았지만
무엇을 해야 할지를 가르친 사람들 중에는 정작 자신들이 무엇을 해
야 할지 아는 사람은 많지 않았다는 것이지요. 다른 사람들의 생각으
로 자신의 삶을 선택해서는 답이 없다고 하겠습니다.

멋진 직업, 저택, 럭셔리한 옷, 좋은 아내와 남편, 성공한 자식
거기에 부와 권력을 가진 많은 인맥 등 자신의 삶에 그것들만
있으면 모든 게 더 좋아질 것처럼 말하기도 하지요.

우리는 성과를 올림으로써 동료를 감탄하게 만들고
사랑하는 사람들을 만족시키기를 원하면서
다른 사람들을 부러워하는 고통에서 벗어나기를 갈망하겠습니다.

더 많은 부와 권력이 더 큰 행복을 보장할 수 있는가?
그것을 위해 계속 폭주 열차처럼 달려야 하는가?
나는 어떤 사람인가?
이런 질문에 대한 답은 죽음에 직면해서나 가능하겠지요.

우리에게 가장 소중한 것은 무엇인가?

상상력을 발휘하여 죽은 후에 자신의 재산과 수많은 인연들을 돌아
보면, 현재의 삶을 어디에 더 할애할지에 대한 지혜를 얻을 수 있겠습
니다. 자신의 삶이 성공적이었다고 할 수 있으려면 사람들의 인정 여
부와 상관없이, 자신을 소중하게 여기면서 자신만의 목표를 추구하는
삶을 살아야겠지요. 하지만 우리는 자신에게 소중한 것과 상관없이 많
이 소유하고 타인에게 인정받기 위한 삶이 큰 문제가 되겠습니다.

결국은 인생무상으로 삶이 문을 닫지요.

나에게 가는 길

마음이 그리운 시간

"세상에 천한 것이란 없고 다만 천한 마음을 가진 사람이 있을 뿐이다."

링컨의 말이 되겠는데 겸손하게 살라는 의미가 되겠습니다.

우리는 여러 가지 마음을 담고 살아가지요. 삶의 여정에 겸손함을 더한다면 원치 않아도 존경이라는 아름다운 세상이 보이겠습니다.

하지만 교만이라면 세상은 탐욕스럽게 보이겠지요.

우리가 어떤 마음의 옷을 입느냐에 따라 자신과 세상이 달라질 수밖에 없다는 것이고 지금은 우리도 세상도 모두 춥겠습니다.

또 모두가 힘들다고 아우성이지요.

지금 필요한 지혜의 옷은 무엇인가?

서로에게 따뜻한 마음이 간절한 시간들을
이런저런 핑계로 무심히 흘려보내고 있는 것은 아닌지
찬찬히 살피며 가는 여정이 되어야 하겠습니다.

해남 '대흥사 초의선사상'
조선 후기의 승려 초의는 생의 절반인 40년을 이곳에 머물면서 한국 다
문화의 꽃을 피웠고, 특히 불교와 인문학의 여러 범주에서 식견이 뛰어난
신의 범주에 있는 거인이었다.
다의 유래와 다법을 '동다송'에 기록으로 남겨 놓았고
이름에 걸맞게 해남은 다인회 활동도 전국적이라고 하겠다.

> ❝ 모든 괴로움을 불러들이는 것이
> 곧 우리 자신임을 알아차림으로써
> 일상에서 일어나고 사라지는 괴로움과 쾌락 때문에
> 마음이 포로가 되지 않고 빨리 벗어날 수 있겠지요.
>
> – 본문 중에서 – ❞

'취생몽사'의 삶

우리는 꿈을 꾸고, 그 꿈을 위해 노력하겠습니다.
그런 노력의 보상으로 크고 작은 꿈을 이루게 되지요.
역설적으로 꿈을 이루었다는 것은 이제 꿈을 깰 때라는 의미도 되겠
습니다.

문제는 우리 자신이 그렇게 받아들이지 않는다는 것이고
이루어진 꿈은 일상이 되어서 또 다른 큰 꿈을 꾸게 되지요.
평생 꿈만 꾸다가 보내니, 참으로 '취생몽사'의 삶이 되겠습니다.

성공하든 실패하든 꿈은 깨라고 있는 것!

꿈과 목표에 목을 매는 우리들이 새겨볼 만한 말이지요.

꿈을 깨면 어떻게 되는가?

여전히 꿈속에서 헤매는 질문이 되겠습니다.
억지로 일갈하자면, 꿈을 깨면 그냥 살아가는 것이지요.

잠 못 이루는 새벽이 나에게 묻겠습니다.
잠이, 꿈이 무어냐고?

자기 연민

뇌는 하루 5만 개 정도의 생각을 만든다고 하겠습니다.

2초마다 한 개 정도 되는 것이니 놀랍지요.

우리가 하는 생각의 대부분은 성찰하는 것이고, 자신에 대한 평가나 자책 같은 것이 되겠습니다. 연구에 따르면 이런 생각들이 우리의 정신력을 저하시켜서 변화를 막고 최선을 다하지 못하게 만든다는 것이지요. 그러나 자신을 연민하는 마음챙김을 반복하면 도파민 분비가 촉진되고, 학습을 관장하는 뇌 기관의 활성화로 좋은 변화를 이끌어낼 수 있다고 하겠습니다.

우리는 수많은 교육과 조언을 통해 고진감래, 근면, 성실 같은 말들을 당연시 받아들여서, 성공이란 것을 앞만 보고 열심히 사는 사람의 소유물처럼 믿고 있지요. 그러나 자신을 가엽게 여기거나 자비롭게 여기는 사람들이 훨씬 큰 성과를 낸다는 연구도 많이 있겠습니다. 삶이 큰 어려움에 직면했을 때 자기를 연민하는 마음은 생각 이상으로 큰 위력을 발휘한다는 것이지요.

두려움이나 고통 같은 것을 허울뿐인 행복으로 덮어버리는 것이 아니라 그것과 함께 잘 살아갈 수 있도록 돕는다고 하겠습니다.

이처럼 자기를 연민하는 마음은 인간관계나 공감 능력을 향상시킬 때에도 참 좋은 도구라는 할 수 있지요.

나에게 가는 길

새해의 의미

살다 보면 예상하지 못했던 일들이 마치 계획된 듯이 일정한 간격으로 찾아들겠습니다. 그런 일이 없었으면 하겠지만, 나이가 들수록 그럴 확률이 높아지고 이런저런 사고들로 심신이 이차 삼차 충격을 받게 되지요. 이때 우리는 멘탈을 수습하는 데 초점이 맞춰지겠습니다. 스트레스나 트라우마를 다스리는 것이 되겠지만, 가장 먼저 정신줄을 놓지 않는 것이 중요하지요.

어떻게 해야 하나?

멘탈이 강한 사람은 잘 극복하겠고, 유연한 사람은 잘 흡수하고 잘 흘려보낼 수 있겠습니다. 대부분 변화만을 고집하지만, 스트레스나 트라우마를 잘 다듬어서 고치는 방법도 있고, 세상이 급속으로 변하니 그 속력에 맞춰서 변할 수 있다면 문제가 없지요. 난리 통에 즐거워할 수는 없겠지만, 정신 줄을 꽉 붙잡고 어두웠던 긴 터널을 지나고 나면 낯설고 새로운 세상이 펼쳐지겠습니다.

새로운 세상이란, 우리의 안목이 새롭게 변해서 나타나는 것일 텐데 결국은 세상이 변한 게 아니라 우리 스스로 달라진 것이지요.

눈앞에 펼쳐져 있는 달라진 세상이 진정한 새해라고 하겠습니다.

자신이 맞이하는 새해 풍광은 어떤가요?

입춘

입춘에 장독 깨진다는 말이 있겠습니다.

한마디로 춥다는 말이지요.
대한에서 입춘까지가 가장 추울 때가 되겠는데
입춘이 되니, 역시 한파주의보에 이어 며칠째 춥겠습니다.

입춘은 동지와 춘분의 가운데이고, 동지로부터 해가 점차 길어진다
면 입춘부터는 일조량 많아지면서 기온이 오르는 시점이지요.

거꾸로 보면 추위의 절정이 되겠습니다.
추위를 마무리하고 봄을 선언하는 것이 되지요.
그래서 세울 '입'자인 것이고
입춘은 우리 모두의 희망이자 의지라고 하겠습니다.

눈 속에서 자라는 매운 나물을 캐서 먹는 '오신반' 또한
봄을 맞이하려는 상징이자 의지라고 할 수 있지요.
따라서 입춘은 봄이 아니라 겨울의 극한이라고 하겠습니다.
하지만 모든 내일은 어제의 절정에서 조용히 시작되는 것이지요.

입춘은 정확히 봄의 시작이라고 하겠습니다.

나에게 가는 길

산책

바다, 선착장, 고깃배, 어시장…
어릴 적 고향 동네와 비슷한 풍경이 집 앞에 있겠습니다.

코로나19 세상에서 포구 저편에는 인적이 드물고
지나는 사람과의 경계심이 일상이 되었지요.

썰물의 바닷길 해질녘 하늘이 주홍빛으로 물들겠습니다.

우리의 삶도 살아낼수록 미래의 전망은 흐리고
밑천은 바닥을 드러내면서 천지간에 홀로인 듯하지요.

하지만 여기 포구처럼, 바닷가에서 태어나고 자란 나는
이런 곳 이런 때를 좋아하겠습니다.

특별한 이유 없이 원래 있던 자리 같아서 편안함이 좋은 것이고
자연과 일대일로 만나는 듯한 노을과의 몽환적인 몰입감과 충만함
이 있어서 좋지요.

간만의 좋은 공기를 마음껏 들숨 날숨.
무리하지 않고 집으로 가볍게 한 발.

인천 '소래습지생태공원'
옛 소래포구염전이 습지생태학습장으로 탈바꿈한 곳이다.
소래는 '깨어나게 된다'는 뜻이라고 하겠고
1930년대 염전이 생기면서 많이 알려지게 되었다.
옛 철교와 소금창고의 흔적, 비릿한 젓갈 향…
100년 전 일제강점기 민초들의 팍팍했던 삶과
그들의 살아내기 위한 강렬한 흔적들이 묻어 있겠다.

66 특별한 이유 없이
원래 있던 자리 같아서 편안함이 좋은 것이고
자연과 일대일로 만나는 듯한
노을과의 몽환적인 몰입감과
충만함이 있어서 좋겠습니다.

– 본문 중에서 – 99

낮과 밤

음과 양은 둘이 아닌, 같은 위치의 다른 상태라고 할 수 있지요.
낮과 밤, 시간이 요술을 부린다고 하겠습니다.
그 시간이란 자연의 법칙 아래 있는 자전과 공전의 결과이고
태양 아래서 우리는 구분하겠는데 취하거나 버리는 것이지요.

늦은 오후 태양이 비스듬히 누우면 땅은 주홍빛으로 변하고
모든 것이 아름답게 보이겠지만, 이윽고 어둠이 세상을 덮는 밤이
오겠습니다. 사람들은 하루를 내려놓고 분별을 버리고, 있는 그대로
허전하고 쓸쓸한 시간으로 녹아들지요. 그런 다음 맞이하는 새로운 아
침은 새 생명이 죽었다 살아났기에 더욱 싱그럽겠습니다.

언제부턴가 LED가 밤을 몰아낸 것처럼 말하지만, 그런 게 아니라
온전히 내려놓는 무욕의 지혜를 잊어버린 우리 마음이 그런 것이라
고 할 수 있지요. 그래서 밤이 주는 힘을 받지 못하며 살아가고 새로운
시작과 새로운 에너지를 느끼지 못하겠습니다.
살면서 직면하는 번뇌들을 붙잡고만 있기 때문이지요.
아침이 이토록 힘겨운 이유이기도 하겠습니다.

우리는 밤을 몰아냈는데
실제로는 낮을 잃어버린 것일 수도 있지요.

인생 독서

틈나는 대로 책을 보는 것을 좋아하지만 그건 상대적이라고 하겠습니다. 공부를 제대로 하는 사람이라면 취미 정도라고 하겠지요.

하지만 나이가 들면서 눈부터 시원찮아지고, 안구 건조증에 어지럼증까지 겹쳐서 독서의 불편함은 커져만 가겠습니다.

뇌도 비협조적이라 지식을 저장하는 기능마저도 청춘 때와는 달리 몇 장만 넘기면 이전 내용을 순식간에 까먹지요. 근육도 레임덕에 빠지면서 책이 쇳덩이 같아서 관절에 문제가 생기겠습니다.

그러나 우리 뇌는 끊임없이 새로움을 원하기 때문에 뇌를 건강하게 만들기 위한 각자의 처방이 필요하지요.

이것저것 모두는 안 되니, 한 놈만 패는 전략?

삶의 모든 경험과 세상 모든 책을 다 읽을 수도 없는 노릇이고

또 그러기엔 남은 인생이 턱없이 짧기에 그나마 읽은 책도 별로 남아 있는 게 없겠습니다. 그래서 가급적 관심 분야의 인생 책들을 수집해서 읽게 되지요.

살이 흐물흐물해지고 뼈가 우러나 사골 국물이 맹물이 될 때까지 탐독하게 되고, 해 보면 그 맛이 나름 괜찮다고 하겠습니다.

비슷한 종류의 책들을 제대로 소화시켜서 세상과 감칠맛 나는 소통을 하겠는데 무엇보다 답답한 나와의 소통이 가능하지요.

나에게 가는 길

선한 마음

살면서 문제가 생기면 뇌는 효율적인 해결을 위해 신속히 작동하겠는데 감정이나 시간, 경제적 손실이 없도록 하려는 마음이지요.

만약 손해를 보면 어떡하나?

더욱 이해타산적으로 생각하면서 행동하겠습니다.

"가만히 있어도 중간은 할 텐데"

그나마 결과가 좋으면 안심하겠지만 결과가 나쁘면 자신의 오버를 자책할 때가 많고, 시작 때 의도가 좋았어도 결과가 나쁘면 타박을 받지요. 나의 경우는 결과에 상관없이 마음이 내키는 대로 하는 편이겠습니다. 상대에게 마음을 내어주면 그 마음이 선순환되어 온기가 전해질 것이라는 믿음 때문이지만, 어떤 사람은 문제에 대처하는 것을 잔머리 굴린다고 비아냥거리기도 하지요.

살면서 손해를 좀 보더라도 지능보다는 마음을 내어놓는 것이 지혜이고, 마음은 사용하는 것이 아니라 그냥 거기에 온전히 있는 것이니 선한 마음에 무게 중심을 두는 것이 행복을 위한 좋은 선택이라고 하겠습니다.

"마음은 바람 같아서 그 움직임을 느끼는 것만으로도 좋다."

하루키의 말처럼 마음이 늘 좋은 방향으로 움직이게 하고

그것을 느낄 수 있으면 좋겠다는 것이지요.

온기 가득한 마음으로 실천하는 삶이 되어야 하고

그러면 가치 있고 행복한 삶이 되겠습니다.

생각일 뿐

부처님은 가르침에 대한 분명한 목적이 있었는데
그것은 인간의 괴로움을 없애는 것이었지요.

그 시작은 생각을 지우는 것이고, 괴로움을 말하려면
생각이라는 놈을 처리해야 한다고 하겠습니다.
현실적으로 생각을 없앤다는 것은 불가능할 테니
그저 오버하지 않도록 분수를 지키게 하면 되겠지요.

생각은 부풀려지고 상상을 사실인 것처럼 착각하게 하는 불편한 힘
이 되겠습니다. 우리를 잠 못 이루게 하고 허우적거리게 하는 것이 바
로 생각의 파괴력이지요. 그저 생각은 생각일 뿐.

대부분 부풀려진 것이고, 생기지도 않은 일을 미리 땡겨와서 결국은
스스로 무너지겠습니다. 우리가 머무는 지구는 삶의 학교라고 말할 수
있겠고, 그래서 산다는 것 자체가 배움이고 스승이지요.

부처님의 단 하나의 가르침.
"생각은 생각일 뿐이니, 잠에서 깨어나 눈을 떠라!"

지구에서의 하루하루의 삶이 고마울 따름이겠습니다.

162 나에게 가는 길

무엇으로 사는가?

톨스토이의 단편 〈사람은 무엇으로 사는가〉에서
천사는 인간 세상에 내려와 세 가지 사실을 깨닫게 되겠습니다.

사람의 마음속에는 사랑이 있다는 것.
사람에게 주어지지 않은 것은
자신에게 무엇이 필요한지 아는 힘이 주어지지 않았다는 것.
사람은 사랑으로 산다는 것.

탐욕스럽고 복잡한 세상 속에서도 사람은 사랑으로 살아야 함을 실
천하는 따뜻한 이야기들이 있지요.

어떤 사람은 부와 권력을 가지게 되면 공감 능력이 떨어진다고 하겠
는데, 부와 권력이 뇌에 영향을 미쳐 공감 능력이 작동하지 않도록 한
다고 하겠습니다.

갑질은 사람의 본성인가?

하지만 그러한 악한 본성이 있다고 해도
우리에겐 그에 비견되는 아름다운 본성도 있지요.

상처 입은 사람을 안쓰럽게 여기고
도와주고 싶은 마음.

'측은지심'의 본성이 있다는 것이고
결국, 우리는 악마도 천사도 될 수 있다고 하겠습니다.

끝없는 선과 악의 싸움은 천당과 지옥의 이야기가 아니라
우리 마음속에서 일어나고 있는 일이라는 것이지요.

글이 주는 깊은 의미와
본래 우리가 지닌 선한 지혜를 잊지 말아야겠습니다.

사람에겐 얼마만큼의 땅이 필요한가?
우리 마음속에는 무엇이 있는가?
우리는 무엇으로 사는가?

.
.
.

사랑.

나에게 가는 길

통영 '박경리기념관'
문학계에 큰 족적을 남기신 선생의 문학정신을 담을 수 있는 곳이다.
선생의 생명존중 사상과 전원생활에 대한 바람이 담겨 있고
자신이 태어난 이곳 통영에 편히 잠들어 있겠다.

> 사람 됨됨이에 따라 사는 세상도 달라진다
> 후한 사람은 늘 성취감을 맛보지만
> 인색한 사람은 먹어도 늘 배가 고프다
> 천국과 지옥의 차이다
>
> – 박경리 '사람의 됨됨이' 중 –

타인의 삶

세상 속에서 나쁜 짓을 하지 않고
자신의 꿈을 이루려는 사람들은 대부분 노력파가 많겠습니다.
하지만 많은 노력을 했음에도 인정받지 못하고 대가가 없다면
무엇으로도 위로할 수 없는 자괴감을 느끼게 되지요.

이들은 세상이 자기를 불공정하게 대한다고 생각하기에
그것으로 인한 분노와 슬픔을 맛볼 수밖에 없겠습니다.
그렇게 늙어가고 시름시름 하다가 시간이 닫히는 문 앞에서
삶의 무상함을 느끼게 되지요. 성실한 삶, 인정받지 못한 삶
후회와 자괴감으로 남겨진 삶이 되겠습니다.

이렇게 되면 결코 행복할 수는 없겠는데, 삶을 다른 사람들의 인정
에 맡긴 결과이지요. 열심히 노력해도 인정받지 못하고 있음과 삶을
통째로 후회하게 되는 패턴을 가졌음을 알아야겠고, 이런 패턴이 삶에
큰 위험임을 깨닫는 것이 중요하겠습니다.

날아오는 돌을 피하지 않을 사람이 있겠나?

위험한 물체라고 느껴지면 빨리 피해야 하듯이, 자신의 삶을 타인의
평가에 맡기는 어리석음을 깊이 음미해 볼 필요가 있지요.

나에게 가는 길

연대의 힘

초등학교 때 시골 외가에 놀러 가서 지게라는 도구를 처음 보았고 나름 멋지게 보였지요. 그러나 사촌 형제들과 나무를 해서 지게를 지면 균형을 못 잡아서 몇 번을 쏟아버리게 되고, 여러 번 지게를 다시 지어야 했던 기억이 있겠습니다.

지게는 홀로 서지 못하니 Y자 모양의 작대기가 받쳐줘야만 하고 그러면 웬만큼 잘 지탱할 수 있지요. 사람 '人'자도 그런 의미와 다르지 않겠습니다. 짊어진 삶이 무거울수록 지게의 작대기처럼 의지가 되는 사람이 필요하지요. 또 그런 사람이 주위에 있다면 축복받은 사람이라고 하겠습니다.

크고 작은 불행에 직면하면 누구보다 가족은 고통을 뒤로하고 힘을 내어줄 수 있지요. 내가 힘들면 힘겹게 버티던 가족도 무너질 수 있음을 알기 때문이고, 예기치 않은 불행으로 표류하는 가족이라는 배를 구하는 것은, 서로를 위해 힘을 낸 사람들이 만든 연대의 선물이 되겠습니다. 누구든 언제든 불행이 훅 들어올 수는 있겠지만 그것을 전화위복으로 만들 수 있는 것은 사랑의 힘이지요.

살아 숨 쉬는 동안 우리가 할 수 있는 최선의 가치는 오직 서로의 연대와 사랑만 한 것이 없다고 하겠습니다.

뜻하지 않은 코로나19라는 불청객을 만난 사람들이

서로 연대하기를, 힘내기를, 끝내는 모두가 행복하기를.

바다는 비에 젖지 않는다

《무기여 잘 있거라》, 《누구를 위해 좋은 울리나》 등
명작을 남긴 헤밍웨이는 한때 후속작을 내지 못해 애를 먹었지요.
작가로서의 생명이 끝날 것 같았던 헤밍웨이는 《노인과 바다》를 집
필하면서 화려하게 재기하겠습니다.

소설 속 산티아고 노인은 84일 동안 고기를 잡지 못하지요.

까칠한 성격 때문에 주위 사람들로부터 외면당한 채 독거노인 신세
로 외로운 어부의 삶을 살아가지만, 노인은 개의치 않았고 가끔 이웃
의 한 소년만이 노인을 찾아와 말벗이 되어 주겠습니다.

85일째 되던 날 먼바다로 나가서 긴 시간 사투 끝에 잡은 큰 물고기
마저도 돌아오는 중에 상어 떼의 습격으로 뼈만 남게 되지만, 노인은
자신이 너무 먼바다로 나왔을 뿐이라며 돌아와 평온한 일상을 보내지
요. 헤밍웨이는 이 작품으로 노벨상을 받겠습니다.

소설 《노인과 바다》는 2차 세계대전으로 큰 실의에 빠진 전 세계의
사람들에게 삶의 참 의미와 가치를 일깨워 주기에 충분했지요.

작품 속의 산티아고 노인을 통해 어떤 삶의 고뇌도 평온하게 받아들
이는 지혜를 일깨워 주겠습니다.

멀고 험한 인생길을 두려움 없이 가야만이 우리 스스로 얼마만큼 갈
수 있는지를 알 수 있는 것이고, 냉혹한 세상 속에서도 너그러움과 포
용에 대해서 생각해 보게되지요.

"바다는 비에 젖지 않는다"

나에게 가는 길

마땅히 해야 할 일

오래 사는 사람들의 비결이 음식이나 운동, 물, 공기 같은 것이 아니라 그들의 밀접한 인간관계에 있음이 많은 연구자들에 의해서 증명되고 있겠습니다.

나처럼 기저 질환자들의 경우에도 병의 치유에 큰 영향을 끼치는 것이 식생활이나 운동 이전에 인간관계에 있다고 하지요.

우리는 오래전 어느 순간부터 개개인이 아니라 무리를 이루어 사는 존재로 진화되어 왔겠습니다.

가장 본질적이고 중요한 것이 자연이 아닌, 주위 사람들이라는 사실을 깨달았고 그들이 모여 이루어진 것이 사회라고 하겠지요.

그런 사회가 단순히 모여만 있는 것이 아니라 톱니바퀴처럼 맞물려 결합 되어 있는 곳이기에 우리는 있는 그대로의 우리가 아니라고 하겠습니다.

그래서 능력 있는 사람이 되어야 한다는 무언의 큰 압박을 끊임없이 받으며 살고 있지요.

누구든 자신의 몫을 다하고, 그에 걸맞은 행동을 하라!
상황에 따라 적당한 가면을 써라!

이런 식의 압박은 마을에서 큰 도시로 확산 되어 가겠습니다.

동서양을 막론하고 마을마다 바보 형이 있었고
머리에 꽃을 꽂고 다니던 언니가 있었지요.

더 이상 도시엔 설 자리가 없었고
있는 그대로의 존재에 대하여 받아들이며 사는 것이
자신의 생존과 행복을 위한 지혜가 되었겠습니다.

당연히 그렇게 해야 함을 위해 세상과 싸우고 있다면
사랑하는 사람들 속에 있는지의 여부가
우리에겐 진정한 재산이라 할 수 있지요.

만약 부족하다고 생각되면 그것이 벽이 될 수 있겠으니
그것을 허물고 사람들과 두루 만나는 것은
자신만이 할 수 있는 좋은 방법이 되겠습니다.

살면서 좋은 관계를 만든다는 것.

삶에서 우리가 마땅히 해야 할 가치 있는 일이지요.

리더의 삶

'리더'는 독일어에서 기원하겠는데 그 의미가 훌륭하겠습니다.

'새로운 길을 여는 사람', '먼지를 먼저 뒤집어쓰는 사람', '외롭고 고독하며 인내의 미덕을 가진 사람'이 리더의 자질이 있다고 하는 것이지요. 로마 천년의 영화로움을 누리는 데 공헌했던 100대 명문가는 거의 다 사라져서 전무하다고 하겠습니다.

이유인즉슨, 먼지를 먼저 뒤집어쓰는 사람으로서 전쟁에 나가 싸우다가 대부분 희생되어 대가 끊어졌기 때문이라고 하지요.

우리에게도 그런 가문들이 있고, 또 그런 리더를 많은 사람들이 따르는 것은 당연하겠습니다. 사람들은 그런 리더를 믿고 이해하며 그의 그늘 아래에 줄을 서지요. 나아가 그런 리더를 돕고 공헌하며 희생하겠는데 결국, 리더의 길을 따라 꽃을 피우겠습니다.

이처럼 남 앞에 서야 하는 리더는 어떤 어려운 일에 직면하더라도 자신에게만큼은 좋은 리더가 되어야겠지요.

주위를 배려하고 정의로우며 깨어있는 삶을 살아야 한다는 것이

스스로 리더가 되는 덕목이라고 하겠고, 이것은 남들이 대신해 줄 수 있는 일이 아닌 자신의 일이 되겠습니다.

스스로 삶의 리더로서 참고 견디며 먼지를 먼저 뒤집어쓰는 한이 있더라도 새로운 길을 여는 창조적인 삶의 여정을 가야겠지요.

순천 '순천만국가정원'
형식에 얽매이지 않고 조성된 30여 개의 정원이 풍성하다.
인간과 자연의 조화로움은 지속가능한 개발의 핵심이다.

 위험한 물체라고 느껴지면

빠르게 피해야 함을 모르지 않듯이

자신의 행복을 타인의 결정에 맡기는

무지함의 위험성을 깊이 음미해 볼 필요가 있겠습니다.

- 본문 중에서 -

눈치

총명하다는 말은 눈이 밝다는 말이 되겠습니다.

정보의 80% 이상이 눈을 통해 들어온다고 해서
눈을 밖으로 열려 있는 뇌의 창이라고도 하지요.

그런데 나이가 들면 눈이 예전 같지 않겠습니다.

밝은 눈이 어두운 눈으로 변하고, 침침하고, 진물이 나고
책도 오래 보기 힘들어서 돋보기 성능을 높여도 커버가 안 되지요.

이렇게 정보를 받아들이기 힘들게 되면
반대로, 해석하고 판단하는 기능이 발달하겠습니다.

사실이 아닌, 해석의 세계에서 살게 되는 위험이 있겠는데
우리는 그것을 모를 가능성이 높다는 것이 문제가 되지요.

머릿속 공회전이 심하면 오판의 여지가 커지고, 똥고집까지
업그레이드되면 꼰대로 가는 폭주 열차를 타는 꼴이 되겠습니다.

그러나 좋게 보면 눈치가 좋아진다고도 할 수 있지요.

직면하는 문제를 잘 인지하고 정확히 분별하는 것은
눈썰미가 좋다는 것이고 똑똑함의 기초가 되겠습니다.

하지만 이렇게 인식된 것을 그 자리에서 말해버릴 것인가
아니면 때를 기다릴 것인가 하는 것은 눈썰미가 아니라
눈치가 되지요.

맥락을 이해하고 상황을 판단하면서
큰 그림을 보는 능력은 지혜라고 하겠습니다.

공회전이 안 되고, 지혜가 되는 방법은 있나?

자신을 비워 내는 만큼 가능한 것이지요.
나이 들어 더욱 강해지는 사람은
결국, 부드러워진 사람이 되겠습니다.

이도 저도 안 되는 사람이라도 실망할 필요는 없겠는데
나처럼 눈썰미나 눈치 없는 사람도 길은 있지요.

겸손하고 소박하게 감사하며 살면 되겠습니다.

나에게 가는 길

나쁜 감정

나이가 들면서 행복한 감정이 잘 들지 않겠습니다.

현실을 받아들이려고 하면 오히려 그리움만 쌓이고, 추억이 아쉽기도 하면서 그때 그 순간들이 서운하기도 하지요. 삶의 쓸쓸함이 차곡차곡 쌓여가겠습니다. 이런 이유가 호르몬 때문이라는 생각이 들겠는데, 근거는 몸에서 힘이나 열이 빠져나가기 때문이지요.

폭풍 같은 청춘이 흘러가 버렸는데 휘몰아치던 시절의 기억을
붙잡고 있으면 그 차이만큼 상실감이 자리할 수밖에 없겠습니다.

추억이 새싹처럼 차올라야 하는데 쓸쓸하게 느껴진다면 안타까운 일이고, 지나온 삶에 감사하는 마음이면 좋겠지만, 오히려 트라우마가 된다면 그 또한 낭패가 아닐 수 없지요.

좋든 나쁘든 그것들은 단지 기억일 뿐이고, 가끔씩 불쑥 솟구쳐 올라와서 우리 기분에게 잠시 주인 노릇하다가 사라지겠습니다.

물론 감정이 차오르는 순간에는 자석에 끌려가는 쇳가루처럼 휘말리기는 하고, 세월 속에 흘러버린 것도 있지만 여전히 우리 곁을 맴도는 것도 있지요.

그것은 수많은 경험과 생각하는 힘이 되겠고, 바르게 잘만 쓰면 지혜로워질 수도 있겠습니다.

자기 연민 같은 나쁜 감정에 빠지지 않을 수 있지요.

마음의 봄

　입춘은 지났어도 완전한 봄은 아니겠습니다.

　일월 말에서 이월 중순까지는 가장 추운 시기이고, 그래서 봄을 기다리는 우리들의 마음이 앞서 달리는 것뿐이지요. 입춘은 봄에 드는 것이 아니라 봄을 세운다는 의미라고 하니, 그에 걸맞게 해야 할 일이 있겠는데 '건양'이 되겠습니다. '건양'은 양을 세운다는 것이고 착한 마음과 행동은 양을 생겨나게 한다고 하니, 봄을 앞당기려면 불을 지펴야겠지요. 그것은 해가 뜨기를 기원하던 제사 의식 같은 것이고, 이런 의식이 진화되어 자기 마음을 밝히는 것이 되겠습니다. 달리 보면 마음의 제사이고, 밝은 마음에서 따뜻한 행동이 나올 수 있다는 의미로 이해되지요.

　'입춘대길', '건양다경'은 기원하는 마음이고, 지혜와 사랑이 되겠습니다. 겨울의 정점을 지나니 이제 좋아지는 것만 남은 것이고, 그런 때 좋은 운이 나타날 '대길'인 것이지요. 땅이 녹고 따뜻한 봄바람이 불어오니, 때가 좋다는 의미는 '건양'하려는 노력을 조금만 해도 삶이 훨씬 좋아진다는 말이 되겠습니다.

　마음에서 코로나19의 어둠을 몰아내고 이웃과 맞잡은 손에 온기를 불어넣는 것이 진정한 '건양'이고, 진심으로 하늘에 제사를 지내는 것이지요. 해가 바뀔수록 큰 운이 따르고, 경사스러운 일이 많은 삶의 여정이 되기를 소망하겠습니다.

　　　　　　　　　　　　　　　　　나에게 가는 길

바라보는 곳

"부지런히 괴로움을 참고 이겨서 오직 책을 읽어라!"

다산이 유배지에서 아들들에게 간곡히 권한 핵심 내용이 되겠습니다. 문벌이 높은 집안에서 하루아침에 폐족이 되어버린 집안과
버려진 자식들을 다시 일으켜 세우는 유일한 길은 공부밖에 없다는
신념이지요.

다산이 말하는 괴로움은 공부를 하기 싫어하는 마음보다는
"폐족으로 출사할 수도 없는데 공부는 해서 뭐하나?"하는
무상함의 고통을 이겨내라는 의미라고 생각되겠습니다.
결국, 다산은 유배에서 풀려나고 자식들도 출사할 수 있었지요.

이와 조금 다른 중국 혜능대사의 이야기도 있겠습니다.
그의 아버지는 말단 공무원이었는데 비리에 연루되어 유배되지요.
아버지는 유배지에서 죽고, 소년 가장이 된 혜능은 나무를 해다 팔아
서 생계를 유지하겠습니다.

그에겐 공부를 독려할 아버지가 없었고 글도 배우지 못했지요.
신분은 천하게 떨어졌고 집은 가난하며, 배움은 없고 삶은 고달플
수밖에 없었겠습니다.

어느 날 스님의 경 읽는 소리에 문득 마음이 열리고, 동네 사람들의
도움으로 최고의 스승을 찾아 유학을 하게 되지요.
그 뒤 그는 중국 선불교의 진정한 시조가 되겠습니다.

한 집안은 글로서 자신과 가문을 일으켰고
한 사람은 마음으로 자유를 얻었지요.

어떤 사람은 학문을 닦아서 세상을 이겼고
어떤 사람은 마음의 깨달음으로 세상의 번뇌를 벗어나겠습니다.

독서를 하든 마음을 밝히든
노력하고 인내하는 것은 어느 길에서든 있었을 테지요.

바라보는 곳이 다르니
도착하는 곳이 달라지는 것은 당연하겠습니다.

나는 어디를 바라보고 있는가?

우선 한숨부터.

나에게 가는 길

행복감

행복에 대한 사람들의 생각은 다양하겠습니다.

생존에 영향을 주는 감정이라는 경우도 있고
삶의 목적이면서 그 과정의 재미라고 생각하는 사람도 있지요.

그런가 하면 사람마다
행복의 크기를 가지고 있다고 하겠습니다.

환경적인 영향보다는 유전적인 영향이 크다고 하지요.
따라서 바꿀 수 있는 것은 우리의 태도라고 하겠습니다.

그것은 우리가 느끼는 행복의 대부분이
비교에 의존하는 경우가 많기 때문에
비교의 차이만큼 행복감이 될 수 있겠지요.

남과 나의 격차
과거와 현재의 격차
자기가 생각한 것과의 격차 등
그게 플러스면 행복이고, 마이너스면 불행이라고 생각하겠고
그래서 우리 행복은 조건이 따르는 행복이 되어버리겠습니다.

"만약 ~하면 행복할 텐데"

그러나 이런 행복에 대한 착각은 좋은 행복을 찾는 데는 걸림돌이
되는 것이니, 우리는 조건 없는 행복의 길을 찾아야 하지요.

조건 없이 그냥 행복할 수는 있나?

생각의 개입을 차단한다면
우리는 일상에서 행복을 만끽할 수 있겠습니다.

생각의 다른 말은 집착이고
집착이 있는 한, 열심히 살아도 행복할 수는 없지요.

그러니 집착을 이해하면 행복의 실마리를 풀 수도 있겠으니
행복은 good feeling이 되겠습니다.

집착이 없다면
눈앞의 모든 일이 행복이 되는 것이지요.

행복감은
좋고 나쁨을 넘어선
환상적인 느낌이라고 하겠습니다.

나에게 가는 길

보성 '대한다원녹차밭'
우리나라에서 가장 많은 차를 재배하는 보성이다.
정원수처럼 골짜기를 따라 초록초록 펼쳐진 차밭의 풍요가 황홀경 그 자체이다.

폭풍 같은 청춘의 삶이 흘러가 버렸는데
휘몰아치던 시절의 기억을 붙잡고 있으면
그 차이만큼 상실감이 자리할 수밖에 없겠습니다.
추억이 새싹처럼 새록새록 아름답게 차올라야 하겠지만
쓸쓸하게 느껴진다면 참으로 안타까운 일이지요.

— 본문 중에서 —

말조심

공자는 말을 오염시키지 말라고 했지요.

다양한 의미를 포함한 말을 자기 생각대로 뱉어버리면
신뢰를 뿌리로 하는 사회가 불안해질 수 있다고 하겠고
나아가 자신이 한 말은 책임감 있게 행동으로 옮김으로써
약속을 지키지 않는 것을 방지해야 한다고 말하겠습니다.

소크라테스는 지행합일을 주장했지요.
실천보다는 아는 것이 중요하다고 하겠습니다.

사람이 나쁜 짓을 하게 되는 것은 그런 행위가 자신에게 좋을 것이
라고 착각하기 때문이고, 누구든 정확히 알면 실천할 수밖에 없다는
것이지요.

알고 있는 것을 실천하지 않는 것은
아직 모른다는 의미가 되니 궤변이라 할 수도 있겠고
공자의 배우고 때로 익히는 것과는 결이 다르다고 하겠습니다.

부처님은 말이란 자체를 진리가 아니라
깨달음을 얻기 위한 마중물 정도로 보았지요.

나에게 가는 길

그의 가르침은 괴로움으로부터 해방되어
자유로워지고 행복해지는 것이 되겠습니다.

말로부터의 해방?

잘 쓰면 문명의 큰 발전을 이끌어낼 수 있겠지만
잘못 쓰면 큰 화를 일으킬 수 있다는 점에서
말은 화염과 같다고 할 수 있지요.

당연히 가장 먼저 잿더미가 되는 것은 자신이 되겠습니다.
그래서 어떤 상황을 규정하거나 상대방을 평가하고
특히 다른 사람을 낙인찍을 경우에는 큰 주의가 필요하지요.

자기가 뱉은 말의 소용돌이에
자기의식이 휩쓸려 버리기 때문이겠습니다.

따라서 말을 조심한다는 것은
분란이 없는 삶을 위함이라고 할 수 있지요.

'말이 적으면 어리석음이 지혜로 바뀐다.'

불교 경전의 말을 새겨볼 가치가 있겠습니다.

분노

우리가 분노하는 것은 욕망의 좌절이라고 하겠는데
그런 욕망은 화가 나는 순간에 알게 되는 경우가 많지요.

느린 사람은 화를 낸 후에
둔한 사람은 그 후에도 알아차리지 못하겠습니다.

우리가 정한 마음속 기준이란
마땅하다고 생각하는 것들의 목록이고
당연히 그래야 할 것들이 포함되어 있지요.

자신의 성향, 아는 정보, 습관 등으로 굳어진 것이 잘 통할 때는 편
안하게 느껴지기도 하겠지만, 막힐 때는 폭발적으로 내부압력이 증가
하게 되겠고, 그 결과가 스트레스로 축적되겠습니다.

그러나 복잡한 세상이고
특정 가치가 지배할 수 없는 것이 우리의 삶이니
나에게 중요한 것이 남에겐 관심 밖이 될 수 있지요.

눈치가 빠른 사람은
피하거나 싸우는 견적이 빨리 나오겠습니다.

나에게 가는 길

힘이 세면 누르며 관철시키겠고
힘이 약하면 돌아가거나 때를 기다리게 되지요.

그런가 하면 밖으로는 분노하고 안으로 상처받으면서 내적 기준이
오히려 자신을 해치는 사람도 있겠는데 대부분 여기에 속한다고 할 수
있겠고, 그래서 한도 많고 화병도 많이 나겠습니다.

어떤 사람은 반도체 같은 기준을 가지기도 하지요.
자신에게만 적용시키고 남에게는 어떤 기대도 하지 않겠습니다.

또 어떤 사람은 내적이든 외적이든
마음속 말뚝을 보이는 대로 뽑아버리는 사람도 있겠는데
바람이 불어도 깃발이 없다면 다툼이 없을 것이라는 생각이지요.

우리가 표출하는 분노와 같은 부정적인 행동은
생존을 위한 몸부림이라고 할 수는 있겠지만
그것도 적절히 활용될 경우에만 해당된다고 하겠습니다.

일상에서 분노가 치밀어 오르면
그 중용을 찾기가 쉽지 않다는 게 큰 문제이지요.

분노에 대한 서산대사의 말을 기억해야겠습니다.

"한 생각 울컥 화를 낼 때, 백 가지 재앙의 문이 열린다."

앉음 증후군

나이 들수록 오래 앉아서 생활하는 것은
만 가지 병의 원인이 된다고 하겠습니다.

뱃살 부위의 체지방 축적과 근육의 소실이 가속화되면서
일어나는 공포의 후폭풍이 시작되는 것이지요.
그걸 어떻게 해 보려고 해도 저질 체력이 발목을 잡겠습니다.
고혈압, 오십견, 퇴행성 관절까지 설상가상이지요.
일상의 게으름을 자책해 보지만
여전히 몸은 삐그덕거림에 속수무책이 되겠는데
버는 것과 쓰는 것을 자랑하라는 옛말이 생각나겠습니다.

혈압을 조절하고 근육을 벌기 위해서는 틈나는 대로 몸을 많이 쓰는
운동을 하기도 해야 하겠지만, 앉아 있는 시간을 최대한 줄이는 것이
더 중요하다는 것이지요.

습관적인 '앉음 증후군'에서 벗어나려고 노력해보려 하지만
남는 시간 대부분은 서서 걷는 시간이 아니라 누워 있는 시간을 늘
리는 쪽으로 몸이 움직이니 참으로 낭패가 아닐 수 없겠습니다.

정말 내가 늙어가는 거 맞나?

나에게 가는 길

안목

봄바람에 흩날리던 라일락 꽃향
첫사랑의 심쿵 설레임…
시간 지난 뒤에 깨닫게 되는 것들이지요.

우리의 삶도 그런 것이 아닐까?

지나고 보니 청춘의 한 때가
참으로 눈부신 것이었음을 알겠습니다.
물론 많은 이에게 젊음은 나름 힘든 시절이었겠지만
누구든 청춘은 다 꽃인 것이지요.

청춘의 열정과 힘이 빠져나간 자리에는 아쉬움이 아니라
아름다움을 알아차릴 수 있는 안목이 자리 잡겠습니다.
그런 안목이 우리의 노후를 자유롭게 하지요.

정신없이 올라갈 땐 보이지 않았던 꽃이
내려갈 땐 보이겠습니다.
원래 그 자리에 있었던 꽃일 텐데.

그래도 반갑게 맞아주니 고마울 수밖에 없지요.

올봄에는

마음은 반드시 무겁게 하고
그 무게에 짓눌려 다시 가벼워져야 하겠습니다.

부럽다는 감정은 질투 정도가 되어야 하겠고
대단하다고 하는 감정도 언젠가는 한 번 넘어지는 것이니
그냥 넘어져도 상관없다는 마음과 함께할 수 있지요.

무엇이든 비교하는 것 자체가
수고롭고 피곤한 일이라는 것을 알지 못하면
마음의 불편함을 벗어날 도리가 없다는 것을 알아야겠습니다.

한쪽으로는 문제를 만들어 내고
다른 한쪽에선 문제를 풀려고 개고생을 하다가
인생은 전광석화처럼 문을 닫지요.

내 인생이고, 내 마음이라고 해도
삶의 문은 인정사정없이 닫혀버리겠습니다.

해마다 이맘때면 느끼는 마음.
올봄에는 다시 한번 잘살아봐야지!

나에게 가는 길

떠도는 사람

사랑을 자꾸 확인하려는 사람의 사랑은
의심을 받게 되겠습니다.

자꾸 확인하려고 하고
인정받으려고 하는 속성을 강하게 드러내는 것.
'자아'의 하나라고 하겠지요.

그러니 이것은 짝퉁 아닐까?

조금은 의심해볼 필요가 있겠습니다.
그것의 공통점이 마음의 불안에서 시작됨을 아는 것이지요.

떠도는 자, 방황하는 자의 눈동자는
이리저리 흔들릴 수밖에 없겠습니다.

온전한 삶의 여행자는 눈동자가 맑겠고
그 눈에 비치는 세상은 신선하게 보일 수밖에 없지요.

누구든 스스로 성찰하고
잘 선택할 수 있겠습니다.

동해 '추암촛대바위'
영동지방의 절경 중의 절경이다.
한명회는 절경을 미인의 걸음걸이를 뜻하는 능파대라고 하였는데
바다에 녹아내려 솟아있는 석회암들의 형상이 최고의 풍광을 조각했다.

" 떠도는 자 방황하는 자의 눈동자는 흔들릴 수밖에 없겠습니다.
온전한 삶의 여행자는 눈동자가 맑겠고
그 눈에 비치는 세상은 신선하게 보이지요. "

– 본문 중에서 –

아름다움의 과학

아름답다는 것은 과학적으로 대칭성을 의미하겠습니다.

이것은 좌우, 상하의 비율로 나타낼 수 있겠고
미인이란 이 대칭 비율이 좋다는 의미로 볼 수 있지요.

이런 아름다움에는 힘이 있고
우리는 그 힘에 이끌려 상대에게 시선을 주겠습니다.

힘의 근원은 중력에 대항하는 힘이 되겠고
어쩌면 우리는 그 힘을 사랑하는 것일 수도 있지요.

따라서 늙어간다는 것은
이 힘이 중력에 밀리기 시작한다는 의미가 되겠습니다.

시간이 중력의 편임을 증명하듯 피부와 근육이 처지고, 대칭을 유지
하기 힘들어지면서 마침내는 추해지지요.

당연히 청춘 때 반했던 그녀 또는 그를 외면하게 되고
변해버린 모습에 더 이상 가치를 부여하지 않겠습니다.

자기방어 때문이겠는데
누가 무너지는 담벼락 아래 계속 서 있겠는가?

그래서 시간에 영향받지 않는 것
진짜인 것, 진정한 것을 찾게 되는 것이지요.

그것이 자식일 수도 있고
정치적, 종교적 신념일 수도 있겠는데
계속 이어진다는 위안이 있기 때문이겠습니다.

드물지만 사실을 사실로 인정하는 사람도 있지요.

무상하다는 것을 받아들임으로써
두려움과 슬픔도 사라진다고 믿는 사람들이 되겠습니다.

대칭은 일시적 현상일 뿐
우주는 스스로 대칭을 파괴시키면서 다시 시작되지요.

우린 잠시 피어난 꽃이고, 잠깐 반짝이는 별일 뿐이겠습니다.

어쩌면 잠깐이 끊임없이 대칭을 파괴하고 있고
그 파괴의 다른 이름을 창조라고 하지요.

나에게 가는 길

코로나19의 역설

빠른 공을 던지지만 제구가 잘 안되는 투수처럼
조절이 잘 안되는 몸은 자기 것이 아니라고 하겠습니다.

자기 것이라면
여닫고, 가고, 멈추고 등이 자유롭게 되어야겠지요.

코로나19로 세상이 잠시 멈추고 나서 알게 된 것이 있겠습니다.

우리가 빠르게 산 것이 아니라
빠르게 흐르는 세상에 얹혀서 미처 내리지 못했다는 역설이지요.

삶의 주인도 아니고
참 자유도 없겠습니다.

결국, 멈추었는데도 오히려 더 위험해졌다면
한참을 잘못 산 것은 아닌지 살펴봐야 한다는 것이지요.

지금의 세상은 우리가 감당할 수 있는 속도를 넘어서지만
이 또한 우리의 욕망의 속도에는 턱없이 느리다고 하겠습니다.

감당하지 못할 정도로 과하고
위험과 불안을 차곡차곡 쌓아가고 있는 꼴이지요.

대안은 무엇인가?

원시시대로 돌아가자는 얘기는 아니고, 지금까지 소홀히 했던
'일의 생애주기 총비용'을 적용할 필요가 있다는 말이 되겠습니다.

그러면 생각의 방향에 변화를 주게 되고
삶의 과정과 결정도 달라질 수 있겠고
세상도 조금 다른 방향으로 바뀔 수 있다는 생각이지요.

인도는 공기가 나쁜 대표적인 국가가 되겠는데
연간 백만 명 이상이 호흡기 질환으로 사망한다고 하겠습니다.

그런 인도에 수십 년 만에 하늘이 맑아져서
요즘은 150㎞ 밖의 설산을 볼 수 있다고 하지요.

코로나19가 폐질환으로 죽어갈 백만 명을 살린 건가?

어쩌면 우리는 너무 열심히 지나치게 살았다고 하겠습니다.

나에게 가는 길

삶의 이미지

그립다는 말은 '그리다'에서 나왔다고 하겠습니다.

과거의 좋은 기억이기는 한데, 꼭 흐뭇하지만은 않다는 의미지요. 그 시절로 돌아가지 못하고 재현할 수도 없다는 의미가 있기 때문에 아련한 아픔도 함께할 수밖에 없겠습니다.

우리는 또 미래를 그리워하기도 하지요.

"꿈에도 그리는~"

삶에서 갈망하는 것이 있겠는데, 미래에 대한 상상이 되겠습니다.

둘의 공통점은 이미지라는 것이지요.

우리는 과거의 이미지를 재현하고 미래의 그림 한 장을 위해 많은 에너지를 쏟아붓겠습니다. 머릿속 이미지에 불과한 것인데도 이 그림들은 힘이 정말 세다는 것이고, 삶을 송두리째 엎어 버릴 수도 있지요.

꿈결 같은 과거도, 바라는 미래의 꿈도 모두 '꿈'일 뿐이겠습니다.

꿈을 이루기 위한 것이 아니라 꿈을 깨기 위한 노력은 어떨까?

물론 꿈속에서 꿈을 깨려는 발버둥에 불과하겠지만, 자신의 머릿속 그림들을 살펴볼 필요가 있겠고, 자세히 보면 별것 아닐 수도 있다는 것이지요.

그렇게 되면 그만큼의 자유로운 삶을 살 수 있겠습니다.

장고 끝에 악수

　삶을 경험할수록 우리 생각과는 많이 다르다는 것을 알게 되지요.
　경험하기 전에는 자기 생각과 상상일 뿐이고, 실제와는 많이 다른 판단 착오가 실패로 이어지는 경우가 허다하겠습니다.
　반복되는 이 쳇바퀴 삶에서 빠져나오지 못하는 것이 문제이지요.

　알면서도 어쩌지 못하는 이 습관을 어찌하노?

　일단은 자기 생각 중심에서 있는 그대로의 중심으로 바꿔야겠습니다. 직접 행동하고 경험하는 것은 자신의 생각이나 상상에 많은 팩트를 제공할 수 있지요.

　다음은 기억하는 것이 되겠습니다.
　"그때도 그랬고, 한참 전에도 그랬었고, 그래서 폭망했다."
　어떤 상황에 직면하면 이런 경험을 먼저 떠올려야 하겠고
　미리 생각하고 상상하면서 오버하지 않는 것이
　순간순간에 대응하고 해결할 수 있는 지혜가 되지요.

　집중할 수 있는 힘은 상상하지 않아서 남은 여분으로 충분한 것이고 장고 끝에 악수를 두는 것은 자기 머리 속의 지나친 공회전 때문이겠습니다. 항상 너무 앞서가는 생각이 낭패를 부르지요.

놓아버리기

우리가 사는 세상은 꿈이라고 보기에는 너무 생생하고
현실이라고 보기에는 허망하게 보일 때가 많겠습니다.

현실과 꿈, 생생함과 허망함이 공존하고 있지요.

그것들도 중첩되어 구분할 수 없는 것이
우리 앞에 놓인 현실의 삶이 되겠습니다.

그물로 바다를 정복할 수 없듯이 인생도 다를 바가 없지요.

이런 지혜를 얻게 되면 열심히 그물을 짜고
무작정 그물을 던지던 어리석은 우리 삶이 멈출 수 있겠습니다.

눈앞에 삶의 바다가 들어올 수 있겠고
어쩌면 그 바다가 우리 자신이라는 것을 알 수도 있겠지요.

바람이 멈추면 파도는 저절로 멈추는 법.

모든 것이 내 손에 꽉 쥐었던
욕망의 그물을 놓아버리는 데서 시작될 수 있겠습니다.

구례 '사성암'
백제시대에 지어진 풍광이 압도하는 사찰이다.
의상대사, 원효대사, 도선국사, 진각국사 네 분의 고승이 수행한 곳이라
사성암이라 부른다. 새집처럼 매달려 있는 기발한 전각과 약사전으로 통하는
돌계단을 올라, 원효가 손톱으로 바위에 그렸다는 마애여래입상을 보는 것은
경이로움 그 자체라고 하겠다.

66

바람이 멈추면 파도는 저절로 멈추는 법.
모든 것이 내 손에 꽉 쥐었던 욕망의 그물을
놓아버리는 데서 시작될 수 있겠습니다.

– 본문 중에서 –

99

생각과 말

말은 날아간 화살과 같아서 시위를 떠나면 되돌릴 수 없겠습니다.
뱉어진 말이 주변으로 흩어지면 받아들이는 사람에 따라
새로운 반응이 일어나겠는데 이런 반응 또한 어쩔 수가 없지요.

말과 글에 관심이 많은 사람들은 잘 알고 있겠습니다.
생각이나 말은 통제하기 힘들고 서로 연결되기도 어렵지요.

"아, 이건 아닌데, 내가 말한 것은 그런 뜻이 아닌데"

이미 뱉어진 이상 어렵겠고, 이처럼 말을 하고 듣는 것은 매우 허술
하다고 하겠습니다. 그러니 말은 믿을만한 것이 못 된다는 것이며 바
람처럼 순간의 것이라고 할 수 있지요.

우리는 속지 않기 위해 상대의 말을 비판하지만
정작 자신의 말에 대해서는 평생 속으며 살겠습니다.
그러니 말이 자신을 잡아먹도록 내버려 두면 안 되는 것이고
그냥 두면 말의 노예가 되는 수밖에 없다는 것이지요.

내면을 살펴서 자신의 말이 날뛰지 않도록 하는 것은
살면서 참으로 중요한 일이 되겠습니다.

커피 한 잔의 궤변

오늘 우리가 마시는 한잔의 커피를 위해서는
오랜 시간 많은 것들이 준비되어야 하겠습니다.

이제는 상식이 된 글로벌 공급구조보다
훨씬 깊고 넓은 준비가 필요하다는 것이지요.

먼저 사람들이 태어나서
그 일을 위해 훈련되고 조직되어야 하겠습니다.

그다음은 나라 간 거래가 이루어져야 하고
국내에 있는 커피점으로 공급될 수 있는 구조에서만
우리의 모닝커피 한잔이 가능하겠지요.

우리는 몇천 원의 돈으로
아메리카노 커피를 즐길 수 있겠지만
사실은 우주적인 이야기책을 구입한 것이나 다름없겠습니다.

해서 우리는 우주를 홀짝홀짝 마시고 있는 것이지요.

'커피 한잔의 우주론'이라는 즐거운 궤변이 되겠습니다.

나에게 가는 길

경주 '감은사지 3층석탑'
감은사는 불력으로 왜구의 침입을 막으려는
문무왕의 뜻으로 지어져서 아들인 신문왕 때 완성된 절이다.
지금은 석탑만이 남아 있지만,
나라를 사랑한 아버지와 효심이 지극했던 아들의 뜻이 담겨 있다고 하겠다.
부전자전이라 했던가!
신라 천년이 그저 이루진 것이 아닐 터이다.

> 우리는 속지 않기 위해 상대의 말을 비판하지만
> 정작 자신의 말에 대해서는 평생 속으며 살겠습니다.
>
> – 본문 중에서 –

내가 쓴 가면

우리는 남편 또는 아내이면서 부모이고 자식이며
직장에선 상사이자 부하이기도 하겠습니다.

이렇게 다양한 가면들을 쓰고 살아가지요.

삶의 상황에 따라 스마트하게 가면을 맞추어서 쓰고
그 역할을 잘 해내면 잘 사는 것이라고 생각하겠습니다.

이런 미션을 잘 수행하게 되면
자신의 생각과 노력이 잘 작동하고 있다고 자만하게 되지요.

하지만 자신의 일부라고 여겨지는 본인 명함을
마치 그것이 자신인 것처럼 착각하는 경우가 많겠습니다.

오랜 세월 동안 만들어 낸 권위적이고 허세적인
남성상의 이미지들이 그렇게 만든 측면이 크다고 할 수 있겠지요.

단언컨대, 인생의 영원한 역할이란 없겠습니다.

때가 되어서 가면을 벗어야 하는 상황에 직면하면

나에게 가는 길

가면이 실제 자신의 얼굴과 단단히 붙어 버려서
벗다가 얼굴이 뜯겨 나가는 고통을 겪을 수밖에 없지요.

많은 상황이 불안하고 불확실한 팬데믹 세상에서
자신의 가면은 아직 쓸만하다고 자랑하지만
가면은 결코 자기가 될 수 없겠습니다.

세상에 어떤 종류의 가면을 쓰고 살더라도
그걸 활용하는 것은 자신이지요.

물론 가면도 잘 사용해야겠지만
그 노력의 일부를 자신을 아는 데 사용하는 것이 중요하겠습니다.

나는 그냥 나일 뿐.

마치 가면이 주인인 것처럼
진짜인 나를 이리저리 흔들지 못하도록 해야겠지요.

앞만 보고 살다가
무너지는 나이가 되니 절로 나에게 묻겠습니다.

앞만 보고 달리는 나는 누구지?

잘 흐르는 삶

땅, 하늘, 바다, 동물, 식물 등은 우리와 마찬가지로 수많은 상호작용의 생태계가 되겠습니다. 관계를 맺고, 영향을 주고받고, 때로는 지고 이기면서 지구의 구성원으로 존재할 수 있는 것이지요.

이런 환경이 콘크리트 건물과 아스팔트 도로로 포장되면서
상호작용을 통한 건강을 유지하는 데 어려움을 겪고 있겠습니다.

우리의 마음도 일정 부분 비슷한 점이 있겠는데, 수많은 관계로 이루어진 우리는 서로 의존하면서도 자유로운 삶을 갈망하지요.
문제는 독립한다는 것과 상호작용한다는 것의 경계가 어디냐가 되겠습니다. 물론 각자의 건강한 생각들이 독립과 상호작용을 조화롭게 한다는 것을 잘 알지요.

삶과 죽음, 인간과 신 등에 대한 건강한 생각이 없으면 삶이 불안과 괴로움에 시달릴 수밖에 없겠습니다. 누군가를 만나고, 상처받고, 아물고, 단단해지는 경험으로 우리의 마음이 더욱더 유연해 짐으로써 이전보다 여유로운 삶을 살 수 있지요.
이런 과정은 멋있게 나이 들어가는 모습이라고 할 수 있겠습니다.

잘 흘러가면 우리는 어느새 삶의 큰 바다에 도달해 있지 않겠나?

나에게 가는 길

사람으로 산다는 것

예수는 로마의 핍박으로부터 해방되기 위해 싸우지 않았습니다.

부처는 비록 왕궁을 버리고 출가를 했지만, 자신의 나라가 침략당하고 멸망했을 때 싸우지 않았습니다.

달라이 라마는 티베트의 독립을 위해 지금도 싸우지 않고 있습니다.

틱낫한은 베트남 전쟁 중에도 싸우지 않고 프랑스로 떠났습니다.

노자는 춘추전국시대에 멀리 떠나 있었습니다.

인도의 명상가 고엔카는 병마를 의술로 싸우지 않고 명상으로 벗어났습니다.

이들의 공통점은 원수를 사랑하고, 자비를 베풀고, 수행하고, 사람의 예를 최고의 가치로 여겼다는 것이지요.

대상이 인간 자체에 있었기 때문이겠습니다.

장년의 세월이 흘렀지만 체온만큼도 사랑의 온도를 높이지 못하는 가치가 결핍된 나의 삶을 되돌아보게 되지요.

오랜 시간 다툼의 번뇌를 내려놓고, 지긋지긋한 고통의 굴레를 벗어나, 예의와 어진 마음에 대하여 곰곰이 생각해 보겠습니다.

사람으로 산다는 것이 여전히 어려운 일이지요.

밉살스러운 사람

살면서 지나친 욕심으로
자신의 그릇을 키우려 말고
어느 정도 그릇의 크기가 파악이 되면
그 속에서 만족감을 찾는 것이 좋은 삶이라고 하겠습니다.

내 잔이 넘치는 기쁨을 만끽할 수 있지요.

주위 사람들의 눈치를 살핀다거나
남들과 비교 따위로 자신을 부려 먹는 것은
항상 삶의 큰 문제가 되겠습니다.

한 숟가락 더 먹었으면 할 때
숟가락을 놓을 수 있는 판단력과 결단력이 있다면
우리의 삶은 완전히 다른 빛을 발할 수 있지요.

"I am steel hungry"라는 말은
온전한 사고방식이 아니겠습니다.

아직도 배고픈 당신은
분명히 밉살스러운 사람이라는 얘기지요.

나에게 가는 길

봄은 꽃

포구를 가로질러서 소금밭의 흔적과 갈대숲 물길을 따라
봄비가 흩어지는 아침이 간만에 싱그럽겠습니다.

움츠렸던 몸이 펴지고 공기가 포근히 대지를 안아주는 느낌이
참 맛이지요.

봄은 꽃의 세상이 되겠습니다.

매화, 산수유, 개나리, 진달래…

겨울의 차가움 속에 일어나서
여름 불기운에 건네주기까지
봄 길은 온통 꽃길이 되는 것이지요.

느낄 수 있을 만큼 봄이 가까이 와 있으니
걸음마다 꽃이 되겠습니다.

봄의 꽃을 피우지도 못하고
어찌 가을의 열매를 기대하겠는가?

그래서 우리 모두는 꽃이고
모든 꽃은 아름다울 뿐, 좋고 나쁨이 없는 것이지요.

요란하게 빛나지 않아도 별은 별이듯
들판에 홀로 피어 누가 보아주지 않는다고 해서
우리가 꽃이 아닐 이유가 없겠습니다.

반드시 기억해야 할 것은
우리는 찬란하게 피어나야 할 그 무엇이라는 것이지요.

봄비가 내리는 창밖으로 잠시 세상이 멈춘 듯.

어쨌든 봄비가 내렸으니 어쩌면 우리도 꽃이 다된 것이고
촉촉한 공간을 한 움큼 쥐어서 짜면 물이 주르륵 흐를 것 같고
삶은 안개 낀 숲속을 걷는 것과 같다고 할 수 있겠습니다.

지금 나의 삶의 여정은 잘 젖고 있는 것인가?
잘 걸어가고 있는 것인가?

해는 흐린 구름 뒤로 숨고 봄비만 오락가락.

질문에는 대답이 없고 갯벌의 짠내가 코끝을 토닥토닥.

나에게 가는 길

순천 '순천만습지'
8000년의 습진 공기를 머금은 자연이 만든 비경이라고 하겠다.
우리나라 최대 갈대 군락지에 걸맞게
갈대 씨앗이 겨울 햇살에 여러 빛으로 채색되는 풍광이 장엄하고 아름답다.

> 요란하게 빛나지 않아도 별은 별이듯이
> 들판에 홀로 피어 아무도 보아주지 않는다고 해서
> 우리가 꽃이 아닐 수가 없겠습니다.
> 기억해야 할 것은
> 우리는 찬란하게 피어나야 할 그 무엇이라는 것이지요.
>
> – 본문 중에서 –

사랑스러운 눈빛

자랑스러운 사람보다
사랑스러운 사람이 복이 있겠습니다.

자랑스러움은
자신이든 남에게든 인정받아야 하는 것이지요.

반면, 사랑스럽다는 건
자신의 눈에 들어온 세상의 모습이 되겠습니다.

자랑스러움은 많은 노력이 필요하지만
사랑스러움은 자기 시각만 바꿀 수 있으면 되는 일이지요.

결정적으로 자랑스러움은
사람들의 부러움을 필요로 하겠습니다.

부러움은 동전의 양면처럼 소외감과 질투를 불러오게 되지요.
우리가 사는 험한 세상은 그렇게 만들어진다고 하겠습니다.

특별히 자랑할만한 것이 없는 우리 마음에
사랑스러운 눈빛이 머물게 해야 하는 이유이지요.

나에게 가는 길

비와 커피

　맛으로도 마시고 분위기로도 마신다는 커피나 잎차는 기호 음료라고 하겠습니다. 차 맛이 강렬하기로는 고교 시절 표충사에서 스님과 함께 마셨던 수작업으로 볶아낸 녹차가 으뜸이었고, 음미하는 분위기 역시 최고였던 기억이 있지요.

　그렇게 보면 커피는 좀 늦게 시작했겠는데, 청춘 때 음악다방에서 프림3, 설탕3이 섞인 커피가 맛있다고 처음 경험하게 되겠습니다.

　차와는 달리 커피는 홀로 마실 때 분위기가 더 깊어 지고, 비 오는 날 '레오나드 코헨'의 음유적이고 낭만을 더한 분위기...

　믹스는 포근하고 블랙은 마치 견고한 고독처럼, 색깔과 맛과 뜨거움이 모두 강렬하지요.

　그래서인가? 다회는 있어도 '커피회'는 많이 없겠고, 혼자 마시는 분위기로는 비 오는 날 만한 것이 없겠습니다.

　혼자 마신 최고의 커피는 근무하던 학교 과학실의 비 오는 날 아침이 되겠는데 창밖엔 비, 씁쓰레한 아메리카노, 달콤한 라떼로 완벽했지요. 미세먼지 많이 먹은 날의 돼지 오겹살처럼, 나에겐 비 오는 날의 커피 한잔은 과학이 아닌 신앙이 되겠습니다.

　믿는 자에게 달콤한 커피가 있나니.

분별하지 않는 삶

분별하는 곳에 평안은 없겠습니다. 분리되는 것에 대한 우리의 불안은 어머니의 탯줄을 자르고 난 뒤부터 시작된 숙명이지요.

태어난 이후는 살기 위해서 탯줄 대신 생각하는 힘에 의지하고 있다고 하겠습니다.

생각은 삶을 좋고 나쁜 것으로 가르고, 이것은 우리가 사는 세상에서 지혜가 되었지요. 생각이 더 깊은 사람은 원인과 결과를 잘 갈라낼 수 있겠고 이것을 통찰력이라고 자만하겠습니다.

열심히 살았다?

참 많이 불안했던 삶이었다?

결과적으로 삶은 아무것도 아니었다?

이런 우리 삶의 마지막은 어떤 느낌일까?

좋은 지혜는 좋고 나쁨을 말하지 않고

원인과 결과가 분명하지 않음을 아는 것이지요.

이것은 좋으면서 저것을 외면하는 삶은 지금 잠시 만족스럽더라도 "내일은 또 어떻게 되나?" 하는 불안에서 벗어날 수 없겠습니다.

이런 불안한 마음은 자신이 가르고 분별해 놓은

그 결과로 생겨난 것이기 때문이지요.

나에게 가는 길

자신만의 세상

비슷한 경험을 해도
사람마다 느낌이 다르겠습니다.

누구는 남이 보지 못하는 세상을 알게 되고
어떤 사람은 전혀 알지 못하고 살아가지요.

이것은 그의 사상, 인격, 태도, 말투 등으로 표현되겠습니다.

세상을 보는 시각은 평소 행동이나 가치관의 표출이고
이 시각들이 모여서 그만의 독특한 시선을 만들지요.

세상을 바라보는 독특한 시선은
삶을 풍요롭게 해줄 수 있겠습니다.

평범한 일상 속에서도
가치나 의미를 부여할 줄 아는 사람은
삶의 큰 그림을 그릴 수 있다는 것이지요.

자신이 그린 삶을 통해 조금 더 단단해지고
지혜로운 눈빛을 가지게 되겠습니다.

자기 시선을 가진 사람들은 삶을 낭비하지 않겠고
매 순간 자신의 감정에 충실하고 솔직함으로써
스스로를 속이지 않는다는 것이지요.

세상을 순수함으로 편견 없이 바라보고
삶을 더 가치 있게 살아갈지를 고민하겠습니다.

다른 사람들의 삶에 좋은 영향을 주기 위해 숙고하고
살면서 자신이 바라보는 목적지가 계속 바뀔지는 몰라도
삶이 좋은 방향으로 성장하는 것은 분명하지요.

이처럼 삶에서 가치와 의미를 찾고 싶다면
더 깊이 세상과 자신을 공부하는 것이 중요하겠습니다.

시선이 몇 초만 더 머물러도
경이로운 세상과 사랑에 빠질 수 있겠고

다른 사람들의 시선을 더 많이 받아들이면서
그것으로 자신만의 특별한 세상을 만들 수 있지요.

삶이 조금씩 흥미진진해지겠습니다.

길 위의 만남

"우연이란 없으며 모든 일은 신의 계획에 따라 일어난다."

삶의 모든 것이 내가 결정하고 선택하는 것 같겠지만, 한편으로는
알 수 없는 무언가에 이끌려 누군가와의 만남을 억지로 소개받는 느낌
이 들 때도 있지요.

하지만 길 위의 만남은 호연이든 악연이든
그 자체로 가치 있는 만남이라는 생각이 들겠습니다.

좋은 인연을 통해서는 삶에 대한 희망의 빛을 볼 수 있겠고
나쁜 인연을 통해서는 자신을 성찰할 수 있는 기회가 되어 삶의 좋
은 지혜를 얻을 수도 있지요.

지나고 보니 만났던 사람은 누구 하나 할 것 없이 모두 삶의 길동무
가 되어 주었다는 생각이 들겠습니다.
지금 만나는 사람들 역시 내 삶의 밑그림이 될 소중한 인연으로 남
겠지요.

살면서 어떤 인연을 맺을지에 대한 선택은
결국, 자신의 몫이 되겠습니다.

과유불급

자신의 앞날을
걱정하고 염려하는 것은

미래를 대비한다는 의미에서
충분히 가치가 있다고 하겠습니다.

다만
미래에 대한 과도한 집착이나 걱정은
참으로 큰 문제가 되지요.

살면서 겪게 되는
크고 작은 번뇌에 대한

좋은 판단과 대안을 마련하는데
방해가 될 수밖에 없겠습니다.

결국
앞날을 위태롭게 할 수 있기 때문이지요.

'과유불급'이 되겠습니다.

나에게 가는 길

전쟁 같은 삶

우리는 잘 변하지 않겠습니다.
습관과 굳어진 편견 같은 것이지요.

남에게 많이 변하라고
조언하는 것도 다르지 않겠는데
잘 될 턱이 없겠습니다.

한편으론, 또 우리는 잘 변한다는 것이지요.

사는 동안 쉼 없이 변해서
몸과 마음이 달라져 가겠는데
다른 사람에 대한 태도나 위치 매김이 되겠습니다.

문제는 다른 사람이 이런 식으로 변하면
상처받기도 하고 원한을 가지기도 한다는 것이지요.

나는 안 변해도, 너는 변해야 되고
나는 변해도, 너는 변하면 안 되고

이런 식의 삶은 안팎으로 전쟁이 될 수밖에 없겠습니다.

안동 '만휴정'

'만년에 휴식을 취할 곳' 만휴정이다.

탐욕이 없어서 청백리(청렴과 결백)로 유명했던 김계행 선생이

연산군의 폭정을 피해 낙향하여 독서와 사색을 즐기기 위해 만든 정자다.

계곡에 펼쳐져 있는 바위 위로 흐르는 물과 정자의 어울림이 빼어나다.

안동 '선비정신'의 시작점이라고 하겠다.

66 지나고 보니

　내가 만났던 사람은 누구 하나 할 것 없이

　모두 삶의 길동무가 되어 주었다는

　생각이 들겠습니다. 99

－ 본문 중에서 －

호감

좋은 관계를 만들기 위한 노력이 소용이 있을까?

어느 정도는 소용이 있겠으나
한편으로는 의문도 있겠는데
상대에 대한 호감 때문이라고 하겠습니다.

아무리 노력해도
상대가 처음부터 나에 대한 호감이 없다면
큰 공을 들여도 관심받기가 힘들다는 생각이 있지요.

불가항력?

이것을 알아차리면
관계 때문에 얻게 되는 상처나 시간 낭비를
크게 줄일 수 있겠다는 생각이 들겠습니다.

그러나 삶의 재미도 그만큼 잃게 되겠지요.

체념이란 것이 해방감도 주지만
허무감도 느끼게 하겠습니다.

어떤 사람과 친해지도록 정해놓은 것도 아닐 텐데
이렇게 자신의 노력으로 안 되는 일도 많이 있겠고
어차피 호감이 가는 사람에게 더 많은 관심을 주는 것이니
상대를 원망하거나 자책할 필요까지는 없지요.

나만의 일방적인 호감이라면
더더욱 실망할 필요는 없겠습니다.

짝사랑으로 고민하는 사람을 보면
지금 바로 고백하라고 하지요.

어차피 될 거라면 지금 고백하든 나중에 하든
결과는 특별히 다르지 않다는 생각이겠습니다.

결과는 이미 나와 있는 것이고
확인만 늦게 하는 것일 뿐이지요.

막 하란 얘기가 아니라
너무 애쓰지 말라는 의미가 되겠습니다.

자신의 삶은 스스로 만드는 것이지만
상대의 마음은 내가 어찌할 수가 없는 것이지요.

나에게 가는 길

스트레스

스트레스가 많은 시대가 되겠습니다.

어떤 사람들이 스트레스가 많은가?
바르게 성공하고 싶은 사람들이지요.
그런 생각이 없는 사람들은 도덕성으로 인한
스트레스가 특별히 없을 것이라고 생각되겠습니다.

만약 자신이 스트레스가 많다면 착한 욕심쟁이라는 의미가
될 수 있겠고, 매우 인간적인 현상이라고 할 수도 있지요.

착함과 성공, 인생의 화두로 삼기 충분하겠습니다.
외부 환경이 절반이고, 자기 마음이 절반이라면 다루기에 따라서는
적어도 절반은 커버할 수 있겠지요.

어떻게 보면 스트레스는 생명력인데 그게 없으면 생존도 발전도 없
겠습니다. 여기서 말하는 스트레스는 몸과 마음을 병들게 하는 나쁜
스트레스라고 하겠지요.

본래 스트레스는 중립적인 것이고, 정도의 문제라고 할 수 있으니
일상의 적당한 스트레스는 괜찮다고 하겠습니다.

회한

앞날에 대한 걱정이나 갈망보다는
지나온 날들이 떠오르는 게 더 많은 나이가 되었지요.

지난날의 기억에는 아쉬움과 더불어
부끄러움이 따라 나오는 장면들이 많겠습니다.

찬찬히 들여다보면
모두 어설프게 잔머리를 굴린 일들이 되지요.

까르마란 의도하고 조작된
억지로 한 행동들이라는 것이 이해가 되겠습니다.

깊은 계곡을 굽이쳐 흐르는 물처럼
인생도 빠르게 흘러가는 것인데 꼭 그래야만 했는가?

진한 아쉬움과 크고 작은 회한의 기억들이 차오를 때마다
아프긴 하지만 잘 느껴주고 잘 떠나보내고 있지요.

삶은 죽을 때까지
늘 미숙한 것이 되겠습니다.

나에게 가는 길

거제 '외도보타니아'
한려해상국립공원에 있는 외도의 인공 해상식물공원이다.
선한 마음을 내어준 이창호 부부의 열정과 땀으로
아름답고 풍요로운 공원이 되었고, 3,000여 종 식물들의 어울림이
천혜의 비경으로 손색이 없겠다.

> 진한 아쉬움과 크고 작은 회한의 기억들이 차오를 때마다
> 아프긴 하지만 잘 느껴주고 잘 떠나보내고 있지요.
> 삶은 죽을 때까지 늘 미숙한 것이겠습니다.

– 본문 중에서 –

좋은 욕망

언제나 배가 고프면 밥을 먹고
졸리면 잠을 자는 것은 몸이 해내는 일이지요.
하지만 지나친 걱정은 식욕을 잃게 하고 잠도 설치게 하겠습니다.

머릿속이 복잡하면 몸의 일이 방해받기 때문이겠지만
사람마다 근심 걱정에는 그럴만한 이유가 있을 테지요.

사는 게 좀 복잡하나?

세상살이의 위험이 감지되면 우리 뇌는 반드시 상상을 통해 최악의
상황을 대비하겠는데, 문제는 그것을 마치 현실인 것처럼 받아들이는
것이 되겠습니다.
다른 사람들이 보면 '오버'가 되지요.

그럴 수도 있다고 생각하면 예리하다고 하겠고
그럴 확률이 얼마나 되는지를 안다면 현명하다고 할 것이고
어떤 일이 일어나든 잘 대처한다면 좋은 지혜라고 하겠습니다.

먹고 살기 위해 최선을 다하는 것이 현실이지만
그것이 지나치면 오히려 먹고사는 것에 지장을 주지 않겠나?

어마무시한 집과 거액의 통장을 가지고 있어도
못 먹고 못 자면 무슨 소용이 있나?

자신의 부와 삶의 균형을 맞추는 일은 현실 문제이고
다른 사람들에게는 이해타산을 따지면서도
자신은 남의 칭찬과 비난에 신경 쓰는 게 우리지요.

제발 그렇게 안 하고 살 수는 없나?

밖으로는 거칠게 풍화되고 마음은 점점 녹슬어가는 자신을 보면서
결국 생명력을 소진하고, 또 생명을 구하는 제로섬 게임을 하고 있는
꼴이 되겠습니다.
운동선수가 경기 종료 후에도 힘이 남아 있다면 자랑이 아니듯
그나마 완전히 타버리는 인생이라면 여한이라도 없겠지만
우리의 삶은 꼭 몇 군데 타다 만 장작 같은 것이라서 결국에는 아쉬
움과 한을 남기게 되지요.

누구나 욕망은 있겠는데
욕망은 다양하기도 하고 높고 낮음이 있기도 하겠습니다.
잘 다듬어진 욕망이라면 신선하겠고
그것은 삶에 새로운 길을 열 수 있는 좋은 욕망이라고 하겠지요.

모든 물이 큰 바다로 흘러가듯이
우리의 좋은 욕망도 이와 다르지 않겠습니다.

독서

　살면서 우리는 끊임 없이 생각하고, 그러면서 그게 맞는 생각인지 또 생각하지요. 마찬가지로 우리는 말을 하면서도 이게 말이 되는 소린지 생각하겠습니다. 행동하면서도 그것이 옳고 적절했는지, 그 결과가 나의 의도와 잘 맞았는지를 생각하지요.

　결국, 우리는 평생을 배우고 생각하지만
어느 시점에 가서는 방향을 설정할 필요가 있겠습니다.

　점점 갈라지고 복잡해지는 쪽으로 배울 것인가?
　점점 연결되고 단순한 쪽으로 배울 것인가?

　물음에 대한 결정에는 독서가 대안이 되겠는데, 우리가 책을 읽는 것은 학문보다는 교양을 쌓기 위함이 더 크다는 생각이 있지요.
　달리 말하면 독서는 대화라고 하겠습니다.
　실제 대화에서도 상대의 마음을 읽어주는 것이 중요하지요.
　책 읽기의 즐거움 중에서 단연 백미는 "아 그게 그거였구나!"하고 알 때가 되겠습니다.

　서로 소 닭 보듯 하던 것들이 어느 순간 연결되고, 같은 원리로 작동되는 것을 느낄 때 삶의 진정한 즐거움을 맛볼 수 있지요.

　　　　　　　　　　　　　　　　　나에게 가는 길

부산 '보수동 책방골목'
6.25 전쟁 이후에 헌책으로 노점을 시작한 것이
책방 골목의 시작이라고 하겠다.
모교가 책방 골목 위에 있어서 고교시절 3년의
발길이 닿은 통학로이기도 하다.
가난했던 시절 책을 구하기도 힘들었고 비싼 책이
부담이 되었던 시절에 책벌레들에게 오아시스 같은
곳이 되어 주었다.

66 우리가 책을 읽는 것은 전문적인 학문을 위함보다는
교양을 쌓기 위함이 크다고 할 수 있지요.

– 본문 중에서 – 99

삶의 상처

살다 보면 서운할 때가 종종 있지요.
여기서 끝나지 않으면 계속 진행하겠습니다.

서운한 마음은 섭섭함에서 괘씸한 마음으로 차고 오르다가
생각할수록 열받는 단계에 도달하지요.
이쯤 되면, 도저히 가만히 있을 수 없는 상태로 가속하다가
그다음엔 폭발하게 되겠습니다.

나비의 날갯짓처럼 정말 아무것도 아닌 일이 두고두고 후회할 폭풍
이 되겠는데, 폭풍의 근원을 살펴보면 '나'에 대한 과도한 애착 때문이
고 찬찬히 살펴보면 확실히 그렇다는 것을 알 수 있지요.
원인은 자신의 내면에 있다고 하겠습니다.

자아는 자신의 삶에서 차지하는 실용성은 크지만
동시에 그 한계를 명확히 아는 것도 중요하지요.
그렇게 되면 자아를 모시고 사는 어리석은 짓을
점점 하지 않게 되기 때문이겠습니다.

줏대 없이 당하고 사는 사람이 아니라
걸릴 것이 없어서 삶이 상처가 되지 않는 사람이 되지요.

나에게 가는 길

삶의 전환점

살다 보면 반드시 삶의 터닝포인트가 되는 시점이 있겠는데
지나온 삶의 방향을 전환하는 시점이 되겠습니다.

삶을 어떻게 전환하는가?

지금까지 삶의 패턴을 비틀고 미련 없이 놓아버리는 것이고
지난 시간을 내려놓지 못하면 미련 때문에 좋은 삶으로의 변화를 만
들기가 어렵지요.

삶을 비워야 할 시기가 언제인가?

어느 날 갑자기 바뀌는 삶은 없는 것이고, 방향을 어떻게
전환하느냐에 따라 삶이 그 방향으로 바뀔 수 있다고 하겠습니다.

누구든 자신에게 부여된 삶의 여정이 완벽할 수는 없겠지요.
무언가 부족하기도 하고 실수와 후회를 수도 없이 반복하면서
살아가겠습니다.
다만 최선의 삶을 살기 위해 노력할 뿐이지요.

"내 청춘을 돌려다오~"가 아닌, 내 삶의 전환점은 언제인가?

바람의 영혼

폼페이가 화산폭발로 폐허가 되기 전, 폭발의 징후가 있을 때
가진 것이 없는 가난한 사람들은 먼저 도시를 탈출했지요.
화산재에 파묻힌 대부분은 귀족들과 부유한 상인들이 되겠고
그들은 마지막까지 쾌락과 재산을 지키려다 최후를 맞겠습니다.

우리 중에서도 자신이 우월하다거나 넉넉하게 소유하고 있다고 생
각되면 먼저 기억해야겠는데, 우리는 모두 길 위의 존재이고, 돌아올
수 없는 길을 가는 여행자일 뿐이며, 각자 한번 주어진 인생 소풍이 끝
나는 날, 알 수 없는 먼 길을 떠나야만 하는 바람의 영혼들이라는 것이
지요.

삶에서 주어진 모든 것들은 잠시 빌려 쓰는 것일 뿐이고, 반드시 죽
는다는 것을 기억해야만 더 좋은 삶을 살아갈 수 있겠습니다. 그리고
혼자서 죽는다는 것, 그 무엇도 가지고 갈 수 없다는 것, 언제 어디서
죽을지, 어떻게 죽을지 모른다는 것!
누구든 태어나는 방법은 비슷하지만 죽는 방법은 다르다는 것이고
그래서 삶에 대한 우리의 평가는 태어나서 사는 동안이 아니라
죽는 것으로 결정된다고 할 수 있지요.
누구든 주어진 하루를 가치 있게 살아야 하는 이유가 되겠습니다.
태풍에 뿌리가 뽑히는 것은 큰 나무이지 풀이 아니지요.

포항 '호미곶'
평화 통일과 미래의 염원을 담았다.
육지엔 왼손, 바다엔 오른손의 조형물이 있겠는데
우리 국민들이 서로 도우며 살아가자는 선한 가치가 담겨 있다.
거센 바람과 거친 파도가 나를 일깨운다.

> 우리는 모두 길 위의 존재이고
> 되돌아올 수 없는 길을 가는 삶의 여행자일 뿐이라는 것이고
> 각자 한번 주어진 인생 소풍이 끝나는 날
> 알 수 없는 먼 길을 떠나야만 하는 바람의 영혼들임을.
>
> **- 본문 중에서 -**

Ⅲ.
길 위의 지혜

나를 향한 성찰과 노력으로
직면한 문제를 통찰하는 지혜

|

모자라는 것은 소리를 내지만
가득 찬 것은 아주 조용하다.
어리석은 자는 반쯤 물을 채운 항아리 같고
지혜로운 이는 물이 가득 찬 연못과 같다.

– 숫타니파타 721 –

남해 '보리암'
양양 낙산사 홍련암, 강화 보문사와 함께 3대 기도도량으로
원효대사가 창건한 암자다.
이성계가 100일 동안 기도한 곳으로 잘 알려져 있겠고
한번 가본 사람은 그 비경 때문에 다시 가게 된다는 곳이다.
보물섬이라고 불리는 남해섬이 품은 비단 같은 금산에
하늘을 찌르는 신비의 바위들 틈으로 갈매기 둥지처럼 자리하고 있겠다.

" 삶의 가치는 더 많은 소유가 아니라
　깊은 우리의 인격이 되는 것이고
　삶의 진정한 목적은 성장이 아니라
　끊임없는 우리의 성숙이지요. "

– 본문 중에서 –

지혜

지혜는 눈 앞에 펼쳐지는 세상을
있는 그대로 보는 것이 되겠습니다.

예쁘면 예쁜 대로
못났으면 못난 대로
있는 그대로의 모습을 아는 것이지요.

하지만 우리는 늘 거기에
실체를 알 수 없는
좋고 나쁨으로 나누어 가면서
꿈속을 헤매고 있겠습니다.

지혜는 그런 꿈에서 깨어나
사실을 알아차리는 것을 말하지요.

그렇게 되면
우리는 욕망의 어리석음을 벗어나

괴로움이 점점 줄어들면서
좀 더 자유롭고 행복한 삶을 살 수 있겠습니다.

봄의 지혜

봄을 찾아 먼 산과 바다까지 찾아 헤매지 않아도
봄은 이미 가지 끝부터 세상에 완연하겠습니다.

하지만 꽃은 절로 피지 않으니
계절을 두들겨 깨우는 번거로움과 번뇌라는 대가가 적지 않지요.
그래서 사월은 그토록 잔인한 달이라고 할 만하겠습니다.

생명들의 각축장.
누구에게는 활기참이고 누구에게는 전쟁 같은 살아냄이 되지요.
물에 빠진 사람이 죽을힘을 다해 살려고 몸부림치다가
뭍으로 올라오는 게 아니라 꿈에서 깬다는 의미라고 하겠습니다.

지금 삶의 괴로움에 직면해 있다면
지혜롭게 극복하려고 최선을 다하는 것은 당연하지요.

어떤 사람은 괴로움에 직면한 와중에도
삶의 더 깊은 진실에 눈뜨는 지혜를 얻기도 하겠습니다.

삶을 꿈만 같다고 하는 사람들의 눈에는
어쩌면 하늘이 준 기회를 그저 흘려보내는 것일 수도 있지요.

나에게 가는 길

5월의 지혜

가끔 예전에 살았던 동네를 지나면서 낡아버린 아파트단지를
보면, 눈앞에 보이는 쇠락이 그렇게 예쁜 모습은 아니겠습니다.

하지만 아파트를 둘러싼 나무들은 예외이지요.
단지가 조성될 때 심어져 엉성하던 나무들은 수십 년이 지나면
본래 그 자리에 있었던 것처럼 존재감을 제대로 뿜어내겠습니다.
어설프던 공간들도 주변과 잘 어우러져 하나의 작은 세상을 만들기
도 하지요.

숲을 떠나온 나무들이지만 오월이 오면 이 세상이
얼마나 아름다운지를 과해서 넘치도록 보여주겠습니다.

세월 때문에 속절없이 쇠락하고 남루해지는 것이 아니라
제대로 빛나고 충만한 풍광을 발산한다는 것이지요.

우리에게도 이와 같이, 세월은 흐르더라도 쇠락하는 것은
주름지고 허약해지는 몸에만 국한되어야 하겠습니다.

물들어가는 나이에 소망이 있다면, 오월의 나무들처럼 빛나고
충만한 것들을 속에서 뿜어낼 수 있는 지혜가 있기를.

선택

우리의 삶은 순간순간마다 선택을 강요받지요.

살아남기 위해서는 그럴 수밖에 없겠지만, 더 큰 낭패는 결정장애를 자주 겪는다는 것이고, 세상이 워낙 복잡하고 원하는 것들이 많아서 견적이 잘 안 나오기 때문이라고 하겠습니다.

우리는 보다 나은 내일을 원하기에 현재의 결정은 대박이 나야 하고 액운은 막아야 한다고 생각하지만, 어떤 선택이든 장단점이 있는 것이고 기회와 위험이 따르기 마련이지요.

문제는 우리의 착각이 되겠는데 이것을 택하면서 저것의 좋은 것도 모두 가지고 싶은 욕망이 되겠습니다. 당장은 안 된다는 것을 알아차리는 것이 지혜이지요.

삶의 시간을 스펙트럼처럼 펼쳐 놓고 보면, 결국에는 이것도 저것도 다 얻을 수 있는 것이고, 지금 당장 모두 얻을 수 없을 뿐이겠습니다.

자신의 과욕이나 어리석음을 성찰하는 삶으로 괴로움이 없기를.

나에게 가는 길

남해 '가천다랭이마을'

계단식 논을 '다랑이'라 하고 '다랭이'는 남해의 구수한 사투리라고 하겠다.
비탈진 산을 층층이 오르내리며 척박한 땅을 한 뼘이라도 일궈서
억척같이 살아내려 했던 남해 어버이들의 고된 삶이 피어 있는 곳이다.
자연이 준 그대로의 삶에 감사함은 최고의 가치가 되겠다.

❝ 사람으로서 무엇을 하고
무엇을 하지 말아야 하는지에 대한
삶의 진정한 가치를 깨우쳐야 하겠습니다.

― 본문 중에서 ― ❞

고집 허물기

우리는 평생 동안 자기 능력을 20%도 사용하지 못하고 죽지요.

그 원인 중 하나가 새로운 것을 받아들여서 도전하려는 의지의 부족
이 되겠는데, 도전으로 인한 불편과 위험을 감수하기보다는 편하게 안
주하고 싶은 마음으로 인하여 새로운 것을 외면하기 때문이겠습니다.

많은 사람들이 자신이 가지고 있는 지식, 경험, 신념, 습관, 종교 등
고정된 시각으로 세상을 보게 된다는 것이지요.

고정된 틀로 살다 보면 자신의 생각이나 판단이 옳다는 고정관념에
갇히게 되고, 새로운 경험과 창의성도 잃게 되겠습니다.

자기중심적인 생각은 편견이나 오류를 낳는 고집불통에 빠질 수밖
에 없지요. 자신만의 생각을 지나치게 견고히 하다 보면 삶이 세상과
조화롭지 못하게 되고, 직면하는 문제에 대한 식견도 빈약해질 수밖에
없겠습니다.

더 좋은 인생을 만들려면, 자신을 가두고 있는 견고한 문고리를 허
물어서 잠재된 능력의 문을 활짝 열어젖히는 것이 지혜이지요.

나에게 가는 길

쉼

사람들은 대체로 바쁘겠습니다.
비즈니스에 몸도 바쁘고, 이런저런 생각들로 마음도 바쁘고.

보고 듣는 온갖 정보로 감각 기관은 거의 파탄 지경에 이르게 되었지요. 하루 종일 스마트폰에 사로잡힌 생활이 되었고, 그래서 이제는 아무것도 안 하고 '멍'때리는 것이 관심을 받겠습니다.

명상 같은 것이 좋다고들 하지만, 현실적인 문턱이 있는 것 같고
그냥 '멍'하게 있으면 된다고 하니 호기심이 생길 만도 하지요.

휴대폰, TV, 컴퓨터 등과 같은 빛과 소리를 차단하고, 편안히 기대거나 누워 천장을 보면서 10분 정도 그냥 있는 정도면 되겠습니다.

실제로 해보면 생각보다 한결 머리가 맑아지고 복잡하게 얽혀 있는 마음도 가벼워짐을 느끼겠는데, 어쩌면 우리 몸은 지성을 갖추고 있다고 하겠지요.
잠시 몸에게 케어할 수 있는 시간을 주는 것은
마땅히 보답할 만한 일이 되겠습니다.

복잡한 삶에서 좋은 하루를 만들기 위한 쉼의 지혜가 되지요.

속초 '영금정'
지명의 유래는 파도가 바위에 부딪치면 신통하고
묘한 소리가 들려서 이 소리를 신령한 거문고 소리와 같다고 하고
주변 바위의 모습이 정자와 같다고 하여 영금정이라 불린다.
일제강점기 때 지형이 파손되며 거문고 소리를 잃었다고 하겠다.
여전히 바위와 파도 소리의 어울림은 아름답고 특별하다.

> 더 좋은 인생을 만들려면
> 자신을 가두고 있는 견고한 문고리를 허물어서
> 잠재된 능력의 문을 활짝 열어젖히는 것이 지혜이지요.

– 본문 중에서 –

삶의 가치

노동을 덜 하는 게 더 잘 사는 것인가?

우리는 언제나 우리가 욕망하는 것을 아는가?

욕망은 본래 무한한 것인가?

2021학년도 프랑스 대학입학시험 바깔로레아에 출제된 문제들이라고 하지요. 대상을 여러 측면으로 생각하는 능력을 묻는 문제들이 되겠습니다. 수학능력은 사유하는 힘과 그것을 체계적으로 정리할 수 있는 힘이 중요하다고 본 것이지요.

그에 반해서 우리는 사유가 아닌, 정해진 답을 잘 맞히는 학생을 뽑는데 가깝다고 하겠습니다. 답을 찾는 과정에서 딱히 어떤 가치를 찾을 수 있는 것도 아니라는 것이지요.

외국어 영역 문제를 외국인들에게 풀어보라고 하면 고개를 내젓는다고 하겠고, 역사를 암기하는 것도 안타까운 노릇이고…

많은 학생이 제2외국어를 아랍어로 선택했다는 것은 놀랍지도 않겠는데, 대충 찍어도 높은 등급을 받을 수 있기 때문이라고 하겠습니다.

이런 시험을 위해 우리는 유치원 때부터 수없이 문제를 풀고, 암기에 푹 빠져 살지요. 학교, 학원, 개인 지도를 받으면서 선생님들의 가르침을 머릿속에 조각하겠고, 대학에 들어간다고 해도 별반 다르지 않다는 것이 문제가 되겠습니다.

사유의 공부보다는 4년 동안 고가의 수업료를 지불하고 불철주야 학점관리와 취업 준비에 올인하지요.

이것을 배움이라고 할 수 있는가?
시험을 잘 치른 많은 인재들은 또 어떻게 되었나?

스스로에 대한 성찰 없이 본인의 욕망을 좇아 질주하던 이들은 처음엔 승승장구하는 듯 보이지만 온갖 탐욕으로 범죄자가 되기 십상이겠습니다. 마땅히 사람으로 배워야 할 가치를 못 배우면 이러한 사회적 낭비와 비극은 되풀이될 수밖에 없지요.

지금 우리의 학교는 사람답게 사는 법을 가르쳐 주는가?

배움의 정의를 바꾸고, 성공의 기준을 바꾸고, 최고가 아닌 부끄러움을 아는 법을 먼저 배우는 것이 지혜라고 하겠습니다.

사람으로서 무엇을 하고, 무엇을 하지 말아야 하는지에 대한 삶의 진정한 가치를 깨우쳐야겠고, 철학과 인문학을 통해 비판적 사유와 성찰하는 법을 배우고, 주입식이 아닌 자신이 추구하는 삶을 배워야 할 권리도 누려야겠지요.
갈 길은 멀지만, 교육을 혁신적으로 변화시켜서 정의롭고 공정한 세상의 초석을 다져야 하겠습니다.

나는 어쩌다가 이렇게 되었나?
노코멘트.

나에게 가는 길

자유와 안목

개인들이 모여 사회를 만들겠습니다.
다음에는 우리가 만든 사회가 다시 우리를 만들게 되지요.

작용과 반작용의 법칙이고
밀물과 썰물의 이치가 되겠는데

집, 책, 인간관계가 그렇고 음식까지도 그렇겠습니다.
습관이고 업보이며 경로에 의존하는 우리의 본성이지요.

우리가 살아가는 방식은 결국, '오락가락'하는 것이며
마침내는 '왔다가 그냥 가는 것'이라고 하겠습니다.

각자의 마음속에 나름의 질서가 없다면
우리는 이리저리로 휩쓸리다 죽을 수밖에 없지요.

마음속 질서의 핵심은
어디에도 닻을 내리지 않는 데 있겠습니다.

따라서 자신이 주렁주렁 내려놓은 닻을 걷어 올리는 것이
자유와 안목이 따라오게 하는 지혜이지요.

여여한 삶

나이가 들면 쓸데없이 이 생각 저 생각이 많겠습니다.
생각의 대부분은 근심 걱정이지요.

반백 년을 넘어 살고도 좋은 삶에 이르는 지혜는 여전히 어설프겠습니다. 청춘 시절의 에너지는 굽이치며 경험하게 하고, 인증사진과 동영상이 차곡차곡 쌓여가지요.

그때는 그 의미를 제대로 알 수도 없었는데, 막 날아오른 기분에 빠져서 살펴볼 일이 없었기 때문이겠습니다.

나이가 든다는 것은 몸의 힘이 지적인 힘으로 변한다는 의미지요.

청춘의 인증사진들과 동영상을 편집하는 것이 일이 되었고, 덕분에 삶에 대한 해석 능력이 조금 높아지겠습니다.

나이가 들면서 에너지가 지혜로 잘 전환되고 있다면 생각이 많다고 해도 근심 걱정이 되는 일은 드물지요.

이유인즉슨, 세월이 에너지를 탕진시키면 우리는 포기할 것이고 포기는 편안함에 이르는 쉬운 방법이기 때문이겠습니다.

나에게 가는 길

더 나아가 삶에 대한 해석력이 좋아지면 삶에 대한 이해가 근시안에서 벗어나 기승전결이 보일 것이고, 삶의 큰 그림이 보이면 무모한 도전에 빠지는 어리석음이 없겠지요.

안목이 더 자라면 삶이 그저 그런 것이 되고 여여해 지겠습니다.

나이가 들어서도 이렇게 준비된 편안함을 누리지 못한다면 참으로 안타까운 일이 아닐 수 없지요.

내게도 언젠가 한 번은 대박이 날 것이라며 막연한 기다림으로 살아간다면 애가 타는 괴로운 삶만 더할 뿐이겠습니다.

삶은 누웠다가 일어섰다가 다시 눕는 과정이고
한 번 음하고 한 번 양하는 과정을 품고 있지요.

우리의 마음도 이것에 따라 발산하고 수렴한다는
음하고 양하는 이치를 받아들이며 사는 것이 지혜가 되겠습니다.

봉평 '이효석 생가'
가산 선생은 현대문학의 백미 《메밀꽃 필 무렵》으로 잘 알려져 있겠다.
원래 초가집이 새마을 운동으로 함석집에서 기와집으로 바뀌었다고 한다.
작품에 나오듯, 소금을 뿌린 듯한 메밀밭 언저리에 앉아
그의 향기에 젖어 보고 싶은 마음을 담아 본다.

> 삶은 누웠다가 일어섰다가 다시 눕는 과정이고
>
> 한 번 음하고 한 번 양하는 과정을 품고 있지요.
>
> 우리의 마음도 이것에 따라 발산하고 수렴한다는
>
> 음하고 양하는 이치를 받아들이며 사는 것이 지혜가 되겠습니다.

– 본문 중에서 –

갈망하지 않는 것

살다 보면 어느 순간부터 삶이 더 이상 새로울 게 없을 것 같고 별 의미가 있는 것 같지도 않다는 느낌이 들 때가 있겠습니다.

그래서 뭔가 특별한 일이나 놀이를 찾고, 억지로라도 나름의 의미를 부여해 보지만 지속적인 삶의 힘이 되지는 못하지요.

특별할 것도 없고 별것 아니라는 것이 현실이고 삶의 진실일 수도 있겠습니다.

특별한 경험이나 의미 같은 것은 삶의 마케팅으로 여겨질 수도 있겠지만, 이것에 현혹되고 유혹되어버리면 그 대가로 인생을 갈아 넣어야 할지도 모르지요.

그런 것보다는 평범한 일상과 보통의 삶
그냥 살아내기 위한 힘에 집중하는 것이 지혜가 되겠습니다.

특별한 것을 갈망하지 않게 되면
평범한 일상에 괴로워하지 않아도 되기 때문이지요.

언제이든 누군가든 알아봐 주기를 기다리며
보석 같은 주변을 발견할 수 있겠습니다.

자유를 향하여

서 있는 위치가 다르면
눈에 비치는 풍광도 달라 보이겠지만
경우에 따라서는 그 의미가 다를 수도 있겠습니다.

'그때는 옳고 지금은 틀렸다'는 식으로
자신을 합리화하는 데 쓰이기도 하겠지만
자신의 관점으로 고집을 부리지 않고
객관적이고 유연한 시각을 유지하는 것이
문제 해결에 도움이 된다는 것을 알 수도 있지요.

사실 대부분의 사람들은
이것을 그때마다 다르게 사용하기 때문에
일관성이 약하다는 문제점이 있겠습니다.

어쨌든 우리의 삶은 이해할 수는 있지만
용서할 수 없는 일이 너무 많다는 것이지요.

그러나 싸울 때는 싸우더라도
직면한 상황을 이해하는 것은 무척 중요하겠습니다.

나에게 가는 길

가급적 불필요한 다툼을 막고
화해의 실마리를 얻을 수 있기 때문이지요.

진짜 문제는 자신이 서 있는 위치가 되겠는데, 같은 장소에만
계속 서 있게 되면 그렇게밖에는 볼 수 없기 때문이겠습니다.

보이는 풍광이 아니라 바라보는 곳이 중요하지요.
계속 바라보다 보면 어느새 다른 곳에 서 있겠습니다.

만약 바라보는 곳이 이차원 땅이 아니라 드론의 눈처럼
삼차원 공중이라면 완전한 자유가 가능할 수도 있다는 것이지요.

진정한 자유는 자기의 입장을 관철하는 것이 아니라
입장 자체가 없거나 입장으로부터 자유로워지는 것이 되겠습니다.

어떤 삶이든 지속적으로 바라보는 것이 중요한 것이고
이것은 자유를 위한 좋은 지혜라고 할 수 있지요.

디톡스

물안개 속을 걷다 보면 옷이 축축하게 젖어 듦을 느끼지요.

뭔가를 한 번 두 번 하다 보면 나름의 패턴이 형성되고
점점 익숙해지면서 습관이 되겠습니다.

삶도 물들고 습관 들기의 두 바퀴로 굴러간다고 할 수 있지요.
하지만 그게 사는 것이라고 생각하거나 그런 식으로 사는 것만이 능
사라고 생각하면 일상이 완전히 굳어져 버리겠습니다.

물들고 습관화된 사람이 자유로울 수는 없다는 것이지요.

우리는 자유에 대한 욕망을 포기한 대가로 작은 안정이라도 바라게
되지만 현실은 그마저도 쉽지 않다는 것이고, 계속 유지하기란 더욱
어렵다고 하겠습니다.

따라서 자신의 내면에 깊이 물든 것과 단단하게 뿌리 내린 습관을
살핌으로써 부자유스러운 삶으로부터 벗어날 수 있지요.

자기 내면의 독소를 없애는 일.
디톡스 지혜가 되겠습니다.

나에게 가는 길

군산 '인문학 창고 정담'
정담은 근대 이후 가장 오래된 건물에 있는 카페다.
일제강점기 일본이 쌀을 수탈하기 위해 강제 개항된 군산은
치욕적인 역사의 상흔이 곳곳에 남아 있다.
'정담'은 세관의 밀수품 창고가 도시재생을 통해서
카페 & 인문학 공간으로 탄생한 곳이 되겠다.

"

자신의 내면에 깊이 물든 것과
단단하게 뿌리 내린 습관을 알아차림으로써
불편하고 부자유스러운 삶으로부터 벗어날 수 있지요.

– 본문 중에서 –

"

폭염

복중 대서를 지나면서 모든 것을 녹일 듯, 세상이 뜨겁겠습니다.

폭염은 큰 스트레스로 작용하겠는데, 특히 나처럼 기저질환자들은 체온 조절 기능이 약하기 때문에 무리하면 큰 문제가 되지요.

불기운이 극성일 때는 식혀주고 받아들이는 심폐기능을 힘들게 하고, 그러면 간도 힘들고 위의 소화력도 나빠지겠습니다.

더 나아가 오르는 감정을 가라앉히기 어려우니 마음도 불안한 상태가 되지요. 그러니 폭염엔 서로 자극하지 말아야겠습니다. 술과 고기도 줄이고 야식의 치맥도 지친 몸에는 치명적일 수 있지요.

물이 보약이 되니 많이 마시고, 에어컨을 틀거나 그늘을 찾는 것.

물기운에 의지하는 것이 폭염에 대처하는 지혜라고 하겠습니다.

더하여 쉼이나 독서를 추천할 수 있겠고, 그냥 누워서 가만히 있어보는 것도 좋지요. 빛과 소리도 차단하고 얽힌 생각도 그냥 넘기다 보면 빗방울처럼 찰랑찰랑한 마음이 될 수 있겠습니다.

잠시 내려놓고 편히 거하는 시간을 통해 건강과 평정심을 잃지 않는 것이지요.

나에게 가는 길

좋은 사이

우리는 아이들을 보면 사이좋게 잘 지내라고 말하겠습니다.
그런데 정작 사이가 좋다는 말의 의미를 잘 모르지요.

말 그대로 두 사람 간의 사이나 적당한 틈을 의미하겠습니다.

너무 가깝게 붙어 있는 것도 아니고
너무 떨어져서 얼굴을 알 수 없을 정도도 아닌
딱 그 정도의 공간이지요.

이 사이로 햇빛과 공기가 통하면 곰팡이가 생겨날 수 없는
환경이 되겠고, 그런 관계가 오래간다고 하겠습니다.

그래서 좋은 사이와 오래가는 관계는
소통할 수 있는 적당한 틈이 있어야겠지요.
당연히 그 틈은 비어 있어야 하겠습니다.

거리감을 잊기 쉬운 가까운 사이일수록 꼭 살펴야겠지요.

수많은 다툼들을 보면, 둘 사이에 틈이 있어도
틈이 꽉 차서 빈틈이 없을 때 발생하겠습니다.

자기중심적 사고, 낙인, 질투, 증오 등으로 꽉 차 있으니
다툼이 없을 수 없겠고, 이런 식으론 좋은 사이가 될 수 없지요.

마찬가지로 나와 세상 사이가 아무리 클지라도
자신의 편견과 오해, 낙인과 원망 등의
부정적인 마음이 있는 한, 어떤 소통도 어렵게 만들겠습니다.

이 부정적인 불씨는
결국은 자신을 태우고 세상을 불사르게 되지요.

사이좋게 살고 싶다면
먼저 자신과 세상 사이를 채우고 가로막고 있는
불편한 물건들을 치워야 하겠습니다.

사이좋은 관계뿐만 아니라
우리를 참자유로 이끄는 지혜의 길이기도 하지요.

나에게 가는 길

사람을 보는 지혜

많은 사람들이 상대를 알고 싶으면
그 사람이 읽은 책, 친구, 취미 등을 보면 된다고 하지요.

개인적으론 반신반의하겠습니다.
교언영색이라는 말처럼 겉모양을 억지로 꾸밀 수도 있다는 것이고
앞에서는 참 좋은 사람 같은데 뒷모습은 정반대의 사람들을 많이 있기
때문이지요.

그 반대의 경우도 왕왕 있겠는데 작은 선행을 베푼다고 그 사람이
반드시 좋은 사람은 아닐 수 있듯이, 얼굴을 찌푸리는 행동을 한다고
해서 꼭 나쁜 사람이라고 할 수도 없겠습니다.

사람은 보이는 대로가 아니라 전후사정으로 판단을 해야 된다는 것
이고, 물속의 인어도 물 밖으로 나오지 않는다면 그 실체를 알 수 없듯
이 단어가 아닌 문맥 전체를 봐야 정확한 뜻을 알 수 있다는 것이지요.

있는 그대로 보고 판단을 유보하는 것.

사람을 보는 좋은 지혜가 되겠습니다.

남해 '이순신순국공원'
"이 원수만 무찌른다면 한이 없습니다"라고 하늘에 빌고
전투에 나간 이순신은 "나의 죽음을 누구에게도 알리지 말라"는
민족사에 길이 빛날 유언을 남기고 별이 되었다.
임진왜란의 마지막 싸움이자 이순신 장군이 순국한
노량해전의 현장인 남해 관음포만 일원에 그의 혼을 담았겠다.

> 자신의 편견과 오해, 낙인과 원망 등의 부정적인 마음이 있는 한
> 자신과 세상 사이를 가득 채워서
> 어떤 소통도 어렵게 만들겠습니다.
> 이 부정적인 불씨는
> 결국은 우리 자신을 태우고 세상을 불사르게 되지요.

- 본문 중에서 -

깨어서 꾸는 꿈

삶의 많은 일들은 높고 낮음의 정규분포를 따른다고 하겠습니다.

우리의 삶이 이와 같음을 알아차리는 것이 지혜이지요.

유아기 때는 하루 종일 잠만 자고
노년기에도 하루 종일 누워있거나 선잠 속에 있겠습니다.

우리는 불과 몇십 년 정도 척추를 세워서 뛰어다니고 성취하지요.
이때는 잠도 설쳐가며 열심히 일하고 즐기면서 살겠습니다.

하지만 삶의 가장 긴 시간이 잠자는 시간이 되지요.

태어나기 이전과 죽음 이후까지 생각을 유추해보면
깨어있다는 것 자체가 매우 특별한 사건일 수도 있겠습니다.

삶에 대한 집착과 이루어낸 모든 것이 잠꼬대일 수도 있지요.

그러니 지나치게 삶에 실망하거나 상처받을 필요는 없겠습니다.

인생이란, 깨어서 꾸는 꿈일 수도 있을 테니까.

겸손

어떤 이유로 미처 알지 못했던 세상을 보기 위해서는
스스로 닫힌 마음을 활짝 열어젖혀야 하겠습니다.

뇌는 고장 나지 않으면 고치지 않는 속성을 가지고 있지요.
그러나 마음은 위험에서 벗어나기 위해 조급해하지 않고
보다 나은 삶으로 업그레이드하려는 능력이 있겠습니다.

닫힌 마음을 연다는 것은 세상의 어떤 것이든 배우겠다는 의지라고
하겠지요. 우리는 모든 삶의 문제에 대한 답을 알 수도 없고
그나마 오랜 경험으로 알고 있는 것마저도 시시각각 새로운 정보들
로 달라질 수 있겠습니다. 그것이 어떤 삶이든 더 좋은 삶으로 만들 수
있음을 아는 것이 중요하지요.

"아무것도 알지 못한다는 것을 아는 것이 지혜다."

소크라테스는 자신이 알고 있는 것에 대하여
겸손할 필요가 있다고 말했지요.

철학자가 말하는 겸손의 지혜로, 스스로 아무것도 모른다는 사실을
받아들인다면 삶의 지평을 좀 더 넓힐 수 있겠습니다.

나에게 가는 길

걱정 벗기

우리가 느끼는 불안의 이면에는
분노와 복수심 같은 공격성이 존재할 수 있겠습니다.

일시적인 불안을 넘어 불안증을 앓는 사람들이 있지요.
뾰족한 송곳이나 칼 같은 것이 꼭 무슨 문제를 일으킬 것 같고
차를 운전하면 사람을 칠 것 같거나 사고가 날 것 같아서 움찔거리
게 된다든지 등, 자신의 트라우마가 해결되지 않아서 다른 상태로 변
하는 모습들이라고 하겠습니다.

어떤 사람이나 상황을 계속 걱정하는 것은 집착이지요.
무엇이든 도를 넘는 것은 문제가 되겠습니다.
"그런 일이 생겨서는 안 된다!"라고 걱정할수록 뇌 속에는 그런 일만
저장되고, 뇌는 그런 일을 원한다고 생각하게 되는 것이지요.
"내 언젠가는 이럴 줄 알았다!"
다음은 자기 예언이 만들어지기 시작하겠습니다.
걱정이 되면 준비를 하면 되는 것인데 걱정만 하는 것은 다른 증상
일 수 있지요. 이런 성찰이 자기 마음의 실상을 볼 수 있게 하고, 스스
로 걱정의 올가미에서 풀려날 수 있는 지혜가 되겠습니다.

걱정도 슬기롭게 할 필요가 있다는 것이지요.

횡성 '풍수원 성당'
우리나라 네 번째이자
강원도에서는 처음으로 건립된 고딕양식의 성당이다.
1801년 신유박해 때 탄압을 피해 피난 온 천주교도들이
공동체를 이루어 신앙을 지킨 곳이다.
신도들이 벽돌을 직접 구워서 쌓아 올린 성당에 그들의 신에
대한 간절한 마음이 담겨 있다고 하겠다.

우리는 모든 삶의 문제에 대한 답을 알 수도 없고
그나마 오랜 경험으로 알고 있는 것마저도
시시각각 새로운 정보들로 달라질 수 있겠습니다.
그것이 어떤 삶이든
더 좋은 삶으로 만들 수 있음을 아는 것이 중요하지요.

– 본문 중에서 –

공감

주위에 누군가 어려움에 처하면 공감해 주는 것이 참으로 중요하겠습니다. 다만, 공감해 준다고 그것이 그 사람에게 동조한다는 의미는 아니겠지요.

상대가 힘들다는 것을 이해해주고, 설령 그 마음을 받아준다고 하더라도 그의 입장에 전적으로 동의할 필요는 없겠습니다.

아이를 품어주듯이 떼를 쓰는 상대의 감정을 받아줄 수는 있지만, 그런 감정의 이유까지 수용하는 것은 곤란하지요.

마음이 힘든 것은 알아주지만 요구를 모두는 들어주지 않아야 할 경우가 많고, 그래야 상대가 바르게 성장할 수 있겠습니다.

공감이 능사는 아닌 것은, 공감은 선택적일 수 있기 때문이지요. 공감이 힘은 세지만 이면에 짙은 그림자도 있겠습니다.

우리가 상대의 감정에 공감하는 순간, 역설적으로 그의 감정에 마음을 닫고 있을 수도 있지요.

따라서 상대가 힘들 수도 있음을 아는 것이 지혜가 되겠습니다.

"힘드니까 그렇게 했겠지"하는 것과 "그렇게 해도 괜찮아"라고 하며 계속 그래도 되는 것처럼 믿게 만드는 것은 다르지요.

행동에는 상대가 있기 때문이고, 감정은 받아주고 행동은 받아주지 않는다는 것이 현실은 쉽지 않다는 것을 잘 알겠습니다.

하지만 그 상황에 맞춰서 침착하게 행동하는 것 말고는

힘들어하는 사람과 오래 함께 있는 방법은 딱히 없지요.

하늘과 친해지기

삶은 땅에 코를 박고 사는 것과 다름이 없겠습니다.

열심히 사는 것으로도 충분치 않고, 다른 겨를도 딱히 없다는 것이 문제이지요. 더 나아가서 우리는 숨 막혀 하고, 한숨 돌리는 여유마저도 그리워하며 살겠습니다.

그리고 그것 때문에 더 높이 올라가야 한다고 생각하고, 정상에서 파노라마처럼 펼쳐진 세상을 볼 수 있을 것이라고 꿈꾸지요.

그러나 찬찬히 생각해 보면 간단한 문제이기도 하겠습니다.

굳이 힘들게 높은 곳을 오를 것이 아니라, 고개를 들어 하늘을 쳐다보기만 해도 광활한 공간이 우리 눈에 들어오기 때문이지요.

땅을 굽어볼 게 아니라 하늘을 우러러보는 것이 지혜가 되겠고 특별한 노력이나 땀과 비용이 드는 일이 아니겠습니다.

넓은 시야와 자유로움을 그 자리에 선 채로 바로 누릴 수 있지요. 높게 움직여야 하는 것들은 진짜가 있기 어렵겠습니다.

노화로 저질이 된 체력과 허리와 관절이 부담될 나이쯤부터는 하늘과 친해지는 것도 괜찮겠다는 생각이 있지요.

나에게 가는 길

마음을 내는 것

행복하려면 어떻게 해야 하는가?

쉽지 않은 물음이지만 몸에서 그 해답을 찾을 수도 있겠습니다.

인간은 다세포 생명체이고, 체세포 하나하나가 전체 몸으로 분화될 수 있지요. 다만 그 기능이 잠겨있을 뿐이고, 체세포가 특정 역할만 하는 대신 몸은 체세포에게 먹거리를 제공하겠는데, 이것은 몸과 체세포 간의 계약조건 같은 것이 되겠습니다. 만약 계약이 파괴되면 체세포는 스스로 세포분열을 통해 살길을 찾게되지요.

영원할 것 같은 국가도 이백 년 정도의 주기로 위기에 빠지게 된다고 하겠습니다. 건국 후 백 년 정도 지나면 기득권층이 자리를 차지하게 되고, 품앗이 같은 공동체의 해체가 문제가 되기 시작하겠는데, 그것을 혁신하지 못하면 기존에 있던 것이 해체되고 재구성된다는 것이지요. 인연에 따라 만들어진 것은 그 조건이 파괴되면 그것에 따라서 사라지겠습니다.

다시 우리의 삶으로 돌아와서, 만약 행복을 갈망한다면 자신이 바로 서야 하겠고, 그다음에는 남을 돕는다는 마음을 내고 실천하는 것이지요. 정도의 크기는 각자의 생각이 있겠지만, 잘 되면 조화로워져서 굳이 구분할 필요가 없게 되겠습니다.

선의로 베푼 일이 역설적으로 나에게 한 품앗이가 되는 것이지요.

세월

생명은 불과 같겠습니다.

청춘이 하얗게 불태우는 삶이라면
노년의 삶은 환하게 밝히는 삶이라고 할 수 있지요.

영원한 현역이 되라고 독촉하는 세상이지만
불은 열과 빛이 모두 있어야 온전하겠습니다.

늙는다는 것은 열에서 빛 위주의 삶으로
변화되어 간다는 의미이기도 하지요.

속절없이 흐르는 세월이 닫는 문 때문에
나머지 삶이 어둠에 휩싸이지 않으려면
일상이 온전히 밝아져야만 하겠습니다.

나이가 들수록 꿰뚫는 통찰도 좋지만
가끔은 담담한 시선으로 삶을 마주하는 것도 지혜롭지요.

나에게 가는 길

여수 '향일암'

원효대사가 창건하여 '원통암'이라 부르다가
조선 숙종 때 인묵대사가 '향일함'이라 개칭했다고 하겠다.
남해 일출이 장관을 이룬다고 하여 이름 지어졌고
일곱 개의 바위를 통과하면 소원을 이룬다는 전설도 담겨 있다.
비탈길을 올라 바위틈을 한 바퀴 돌고 나니
그럴 것도 같다는 신념이 생긴다.

> ❝ 속절없이 흐르는 세월이 닫는 문 때문에
> 나머지 삶이 어둠에 휩싸이지 않으려면 밝아져야겠습니다.
> 나이가 들수록 꿰뚫는 통찰도 좋지만
> 가끔은 담담한 시선으로 삶을 마주하는 것도 지혜롭지요.
>
> — 본문 중에서 — ❞

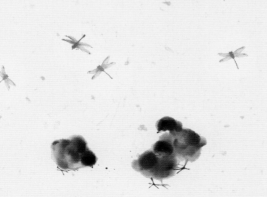

사랑의 지혜 I

헌신적으로 사랑을 실천하는 사람들을 보면
참 부끄럽고, 부럽다는 생각이 들 때가 있겠습니다.
저같이 개인주의즘 환자에겐 엄두가 안 나는 일이지요.
어떻게 저렇게까지 할 수 있을까?
그렇다고 너무 위축될 것까지는 없겠는데
세상의 모든 사랑이 헌신과 희생을 요구하는 건 아니겠습니다.

사랑의 미덕은 상대에 대한 넉넉함이 아닐까?
작은 사랑도 사랑인 것이고, 충분히 서로에게 행복을 가져다줄 수
있기 때문이지요. 따뜻한 미소, 좋은 말, 상대가 싫어하는 행동을 하지
않는 등, 가진 것이 없어도 누구든 실천할 수 있겠습니다.

그늘을 내어주는 나무의 고마움이나 미세먼지를 털어 낸 청명한 하
늘의 고마움이 특별한 의도나 욕심이 없는 것처럼, 심심하고 무심한
친절이면 훌륭한 사랑의 지혜이지요.
그저 마음속에 빈자리 몇 개 놓아두면 되겠고, 우리가 너무 깊이 생
각하지 않아도 중추신경은 모두 다 서로 연결되어 있겠습니다.

하나를 비우고, 다른 하나를 채우려는
그놈의 욕심이 항상 문제가 될 뿐이지요.

사랑의 지혜 II

멀리 있는 사람의 큰 불행이
내게 직면한 작은 불편보다 현실감이 떨어지겠습니다.
그래서 구체적 행동으로는 이어지지 않지요.

공감 능력을 의미하는 거울 뉴런은 글자 그대로
자신의 일인 것처럼 느낀다는 말이 되겠는데
생각이 아니라 느낌이 되겠습니다.

우리의 생각이 느낌이 되려면 말이 이미지가 되어서
현재로 소환되어야겠는데, 그래야 느낌이 생길 것이고
그런 다음에 감정이 움직일 수 있기 때문이지요.

이런 과정 없이
뉴스의 헤드라인이나 몇 개의 사진과 동영상 등으로
그 모든 것에 자신의 일인 것처럼 반응하라고 한다면
정서적 폭력이라고 할 수밖에 없겠습니다.

예를 들어
지진 뉴스가 끝난 후에 예능 방송을 내보내면
우리의 뇌는 웃지도 울지도 못하게 되는 상황 같은 것이지요.

지금은 감정의 소비를 넘어서
감정을 마모시키는 사회라고 할 수 있겠고

감정은 거리에 비례하기 때문에
나와 가까운 사람부터 반응하고 공감해야겠습니다.

따라서 사랑도 공부를 좀 해야 한다는 것이지요.

그래야 그 사랑에 비추어서 멀리 있는 사람에게도
사랑할 방법이 생길 수 있겠습니다.

우리 자신에게 비추어 볼 사랑이 없다면
더 멀고 큰 사랑은 당연히 어렵겠지요.

그 모든 사랑의 시작은 자신을 먼저 사랑하는 것인데
우리는 자기 사랑법에 너무 서툴다는 것이 문제가 되겠습니다.

하나가 모두라는 사실을 아는 것이 지혜이지요.

나에게 가는 길

존중받는다는 것

사회적 직위는 높은 자리를 말하는 것이 아니라
상대를 배려하고 섬기기 위한 자리가 되겠습니다.

나이가 들수록 어린 사람들에게 대접을 받으려 한다거나
높은 위치에서 부하에게 대접받겠다는 생각을 버려야겠지요.

누구든지 자신을 높이면 한없이 낮아지겠고
자신을 낮추는 사람은 끝없이 높아진다는 이치를 아는 것이
좋은 관계를 만드는 지혜라고 하겠습니다.

한없이 낮추고 내려놓는 삶으로
주위의 많은 사람들에게 섬김을 실천함으로써
끝없이 높아지고 존중받는 사람이 되어야겠지요.

그러니 자신을 대단한 사람이라고 착각하지 말아야겠습니다.

누구도 그렇게 생각하지 않을 테니.

저출산

1년에 6만 명 정도의 우리 국민이 사라진다고 하겠습니다.

약 30만 명쯤 죽고, 24만 명 정도 태어난다는 통계는
우리에게 직면한 인구 절벽의 실상이 되겠고
어떤 바이러스보다 무서운 단종의 시작이지요.

인구는 부양 능력이고
먹고 사는 것뿐만 아니라
삶의 기회마저 비관적이라면
부양 능력은 급격히 감소될 수밖에 없겠습니다.

저출산이 추세라고는 하지만
우리나라는 특히 더한 것이 큰 문제이고
이런저런 이유는 많겠지만 구조적인 문제가 결정적이지요.

예로부터 우리는 부모와 자식 간의 정이 남달리 깊겠고
그런 정이 지나쳐서 중독적인 면이 있겠습니다.

자식의 입장에서 보면
부모님의 사랑으로 느끼면서도 큰 부담이 된다는 것이고

나에게 가는 길

그런 부담이 결혼과 자식을 낳아 기른다는 것에
크게 영향을 미치는 것이지요.

개고생할 것 같은 삶에
선뜻 발을 담그고 싶지 않은 청춘들의 마음은
위험을 회피하고 싶은 마음 같은 것이라고 하겠고
따라서 강요나 설득보다는 길을 여는 것이 중요하겠습니다.

관계로 말하면
좋은 사이를 복원하는 것이 급선무라고 하겠지요.

부모와 자식 사이, 연인 사이, 친구 사이, 직장동료 사이 등

멀지도 가깝지도 않은 황금비율의 거리를 유지하는 것.

모든 관계의 황금지혜라고 하겠습니다.

하동 '최참판댁 세트장'

하동군 악양면 평사리에 있는 소설 '토지' 속
최참판댁을 재현한 곳이다. 생전에 작가의
말처럼 소설 속에 직접 들어와 있는 듯한
세트장이다.
관광이 목적이라고는 하지만 익숙한
모습은 소설의 느낌을 담아낸 듯,
살아 숨 쉬는 작품 속의 최참판댁을
보여준다고 하겠다. '토지'는 1969년
집필하기 시작해 1994년까지 총16권으로
완간한 대하소설이다. 동학농민운동부터
해방이 될 때까지 한 가문의 몰락과 재기에
이르는 과정을 그려내고 있는 근현대사의
대서사시다.

그늘을 내어주는 나무의 고마움이나
미세먼지를 털어 낸 청명한 하늘의 고마움이
특별한 의도나 욕심이 없는 것처럼
심심하고 무심한 친절이면 훌륭한 사랑의 지혜라고 하겠습니다.

- 본문 중에서 -

자신을 살피는 것

지구가 둥글다는 것을 잘 알지만, 우리 눈에 보이는 땅은 여전히 평지가 되겠습니다. 지구가 자전하는 것은 당연하지만, 우리 눈에는 매일 해가 동쪽에 떠서 서쪽으로 지지요.

물질과 에너지가 바뀌는 것도 가능하고 시간과 공간이 중력 때문에 휘어진다고 하지만, 우리가 느끼는 시간은 어김없이 일정한 속도로 흘러가겠습니다. 세상이 존재하기 때문에 그것을 보는 것이 아니라, 우리가 볼 때만이 비로소 세상은 나타나는 것이지요.

이런 이야기들는 무슨 깨달음의 소리인 것처럼 다소 쌩뚱맞게 들릴 수도 있겠습니다. 수많은 과학자들이 꾸준히 사실과 그 사실을 만들어내는 원리를 발견해왔지요.
원리를 알면 작용을 일으킬 수 있기 때문이겠습니다.

반면, 누군가 진리를 깨달았다고 해도, 그건 개인적이고 자신의 내면적인 일이 되지요. 그러므로 우리의 문제는 전혀 해결되지 않고
여전히 서로 다툼과 죽임이 빈번하겠습니다.

머리와 가슴은 몸이라는 우주에 같이 공존하지만
안다고 모두 이루어지는 것이 아니라는 것을 알지요.

논리적으로 잘 정립되었다고 해서 우리를 자유인으로 만들어줄 것 같지는 않겠습니다. 진정한 자유는 삶이 종종 어긋나거나 직면하는 괴로움이 오히려 가능성이 큰 재료가 될 수 있지요.

천체 과학자가 우주의 별을 관찰하듯이 우리는 자신의 괴로움에 대하여 살펴봐야 하겠습니다. 자유의 길을 찾아내는 지혜가 원리를 알아내는 것이 아니라 찬찬히 스스로를 살펴보는 관심이지요.

부처님보다 집착과 욕망을 몇 개 더 가져서
우리를 중생이라고 하겠습니다.

나무관세음보살.

나에게 가는 길

욕망하지 않음

성격이든 몸이든 우리는 타고난 기질을 가지고 있겠습니다.

그것이 유전이나 팔자인지는 몰라도
여하튼 다른 사람과 구별되는 모습을 가지고 있지요.

그러나 그것은 모습에만 머물지 않고
저마다 삶의 방식을 결정하겠습니다.

삶이란 각자의 방식이 시험받고
정립되는 시간이기도 하지요.

이것은 품질이 우수할 때도 있고
떨어지기도 해서 파란만장한 인생이 연출되지만
그게 그렇게 중요한 문제인지는 이해가 잘되지 않겠습니다.

하룻밤 자고 떠날 민박집 같은 인생인데 방의 시설이 무슨 상관?

기질, 성격, 삶의 방식 등은 물결 같은 것이고 본질은 물이지요.
우리가 배우고 익혀서 적용하려는 모든 지식은
옳다고 생각되는 물결을 붙잡아서 굳혀두려는 것과 같겠습니다.

어떤 물결이든 큰 차이가 없는 것이고
핵심은 어디에서 와서 어디로 가는지를 생각해 보는 것이지요.

성찰 없이 그냥 열심히 사는 것이 책임감 있는 삶인가?

사람의 스타일과 성격이 곧 그 사람을 의미하지는 않겠는데
그건 단순히 식별 기준에 불과하기 때문이겠습니다.

내 생각이 대부분 남의 생각은 아닐까?
그렇다면 나는 누군가?

답이 없을 것 같은 질문이지만 계속 던져야 하겠고
그러면 지구는 학교나 감옥, 민박집 같은 곳임을 알게 되지요.

꿈에서 깨어나면 삶이 한나절 산책임을 알 수도 있겠습니다.

가질 수 없고 머물 수 없음을 알아 갈수록
점점 집착하지 않고 욕망하지 않을 수 있는 지혜를 얻지요.

"나는 누군가?"를 찾다가
오히려 나 자신을 잊어버리기를 소망하겠습니다.

차라리 영원히 잃어버리기를.

나에게 가는 길

고흥 '우주발사전망대'
고흥 나로우주센터는 국내에서 유일한
우주센터다.
나로우주센터에서 발사하는 인공위성을
제대로 볼 수 있는 곳은 우주센터에서 17㎞
떨어진 곳에 있는 우주 발사전망대이다.
전망대 주위에는 용바위, 팔영대교 등
빼어난 해안 절경들을 볼 수 있겠고 체험
공간과 수려한 다도해 절경을 한눈에 볼 수
있는 것은 백미라고 하겠다.

"
세상이 존재하기 때문에 그것을 보는 것이 아니라
우리가 볼 때만이 비로소 세상은 나타나는 것이지요.

- 본문 중에서 -
"

자유인

보릿고개 시절에는 인내가 미덕이었고 산업사회에서는 성실, 근면, 협동이 미덕이었지만, 이제는 수축사회가 되었고 그 미덕은 통찰력이라고 할 수가 있지요. 혁신을 해서 세상을 다 가지라고 하기도 하고, 적당히 내려놓고 소확행을 누리며 살아보라고도 권하겠습니다.

현실은 얻고 잃음의 제로섬을 벗어날 수 없음이 분명하지요.
현실을 받아들이고 개인이 피나는 노력을 한다고 해도 그 속에서는 특별한 차이를 만들지는 못하겠습니다. 이런 구조에서 벗어나 자신만의 게임을 하려고 노력해 보는 것이 좋은 대안이 되지요.

구조 속에서 패배자로 살 것인가?
구조 밖에서 개척자로 살 것인가?
가장 나쁜 구조가 자기 마음속에서 생겨난 것들임을 알아야겠고, 이 구조를 끊음으로써 번뇌를 떨치는 자유인이 될 수 있다고 하겠습니다.

무엇이든 얻으려고만 하는 욕망의 자유보다는
내려놓아서 얻는 자유로 시야를 돌리는 것이 지혜이지요.
우리는 원래 보릿고개 시절도 잘 타고 넘어왔고, 무엇이든 언젠가는 없어진다는 것이며, 그렇다고 해도 아무 일 없겠습니다.
원래 우리는 자유로운 존재이니까.

나에게 가는 길

정직함

미국 민주주의를 밝힌 토머스 제퍼슨 대통령은
지혜라는 책의 첫 장은 '정직함'이라고 하겠습니다.

삶의 변화를 시도하는 과정에서 직면하는 두려움 때문에
무엇인가에 스스로 거짓말을 하고 정직하지 못하면
삶의 변화로 가는 길에 만리장성을 쌓는 꼴이 되지요.

정직함과 성실함은 근본적으로 다르지 않은 것이고
올바른 일을 하는 데 있어서 바늘과 실의 관계가 되겠습니다.
누구든 삶의 변화를 시도하는 과정에서 마땅히 정직하며 성실해야
하겠고, 정직하지 않으면 최고의 자신과 하나가 될 수 없지요.

아무도 모르면 괜찮을 것이라고 생각하는 사람도 있겠지만
반드시 실패와 비극의 삶을 맛볼 수밖에 없고, 어떻게든 피해 보려
고 온갖 술수로 발버둥 쳐도 결국은 파탄에 직면할 때가 오고 말겠습
니다. 그래서 고해성사의 삶은 생각만큼 나쁘지 않겠고, 오히려 비밀
로 감추는 것만큼 삶이 타락할 수밖에 없기 때문이지요.

스스로를 바르게 변화시키면서 미래로 나아가는 최선의 방법은
정직하고 성실한 삶이 지혜가 되겠습니다.

지혜로운 격려

실패한 사람에게 힘내라고 하면 위로가 되는 것이 아니라
오히려 실패를 다시 떠올리게 할 수도 있겠습니다.

가난해도 연연하지 말고 굳세게 살라고 하면 패배자의 이미지가 떠
오를 수밖에 없겠고, 아프다고 짜증 내지 말고 웃으면서 밝게 살라고
하면, 이 역시 별반 다르지 않지요.

우리의 뇌는 어떻게 보면 참 단순한 면이 있다는 것이고
어떤 말을 들으면 그것과 연관된 이미지를 먼저 떠올리겠습니다.

말은 이미지로, 이미지는 생각과 행동으로 발전되어
현실로 되돌아오게 한다는 것이지요.

"힘내라!", "열심히 살자!", "어깨 펴라!"
이런 식의 단순한 표현이 지혜롭지 않을까?
이런 표현도 부담스럽다면 공감의 시선을 준다거나 함께 있어 주는
정도면 괜찮겠고, 좋은 의미의 위로나 격려의 말도 지혜로운 표현이
필요하겠습니다.

부디 한마디 말 때문에 상처주고, 상처받지 않기를.

나에게 가는 길

갈매기 조너선의 깨달음

짧은 소설은 불경이나 성경을 압축해 놓은 느낌이지요.

갈매기 조너선은 아침 고깃배의 뒤편에서 버려진 생선을 탐하는 일반적인 갈매기로서의 근면함을 외면하겠습니다.

조너선의 부모는 자식의 앞날을 걱정하게 되지만, 조너선은 갈매기에게 날개는 먹이활동이 아닌, 다른 데 의미가 있다고 생각하게 되지요.
그것은 비상의 영광이었고, 보통의 갈매기들이 추구하는 일상으로부터 벗어나 자신의 신념을 위해 꿈을 찾아 더 높이 날아오르는 것이 되겠습니다.

무리에서 추방된 조너선은 마음을 비행 하나에 두고서 연습을 거듭하겠는데, 그에게 비행은 자유를 누리는 것이었지요.
그것은 속도와 곡예 같은 것으로, 하늘에서 바다로의 수직 강하와 고속에서 날개를 펼치며 방향을 틀고, 바다와 수평 비행하는 고난이도 기술을 터득하는 것이 되겠습니다.

비행이 절정에 달하고 곡예비행이 끝이 아니란 생각이 들 때쯤 흰 갈매기들이 나타나 그를 데리고 가지요.
스승 갈매기와 조너선은 묻고 답하겠습니다.

"너에게 있어서 비행이란 무엇이냐?"

"제게 비행은 끝없이 한계를 극복하고 자유를 넓히는 것입니다."

"너 자신은 한계가 지워져 있지 않아! 너는 원래 자유야!
이것을 깨닫는 날 너의 비행은 완성될 거야."

여기서 이것이란, '깨달음'이지요.

조너선은 결국 비행을 완성하고 다시 추방된 무리에게로
돌아오겠습니다. 거기서 문제아 프레쳐를 만나서 말하지요.

"배우겠다면 수평비행부터 시작하자."

이 부분에서 성경 구절을 연상케 하겠는데, 위로 향하는 인간의
사랑이 아니라, 보잘것없는 존재에게로 내려꽂히는 신의 사랑이 되
겠습니다.

그의 돌아옴은 시작한 곳, 속세에서 완성되는 깨달음은 아닐까?

리처드 버크는 해변을 거닐다가 영성에 사로잡혀 이 글을 썼다고 전
해지겠는데, 수행의 결과가 아니라 섬광 같은 지혜가 작가에게 깃든
것이겠지요.

문득 조너선을 타고 오르는 새벽이 되겠습니다.

나에게 가는 길

춘천 '김유정 문학관'

인간미가 넘치는 글을 썼던 김유정을 기념하는 고향 실레마을에 있는 문학관이다. 부유한 가정에서 태어나 자랐으나 몸이 허약했던 유정은 서울 생활을 포기하고 고향 춘천으로 내려와 아이들을 가르치고 열심히 글을 썼다. 〈만무방〉, 〈동백꽃〉, 〈봄봄〉 등으로 한국 문학계를 놀라게 하면서 혜성처럼 나타난 소설가라고 하겠다. 그는 힘겨운 삶을 살아가는 농촌 사람들의 순박하고, 진솔함을 서정적으로 그려냈다. 말년에 지독했던 가난과 지병인 결핵이 악화해 29세에 생을 마감했고, 유골은 한강에 뿌려졌다.

> 정직함과 성실함은 근본적으로 다르지 않은 것이고
> 올바른 일을 하는 데 있어서 바늘과 실의 관계이지요.
> 누구든 삶의 변화를 시도하는 과정에서
> 마땅히 정직하고 성실해야 하겠습니다.
>
> – 본문 중에서 –

번뇌 I

사람들을 선하게 대하는 방식을
사랑과 지혜라고 하겠습니다.

사랑의 시작은 냉담해지지 않는 것이지요.

상대방이 힘들고 괴로워하면
있는 그대로 받아들이고 위로하고 도와야겠습니다.

그렇게 한숨 돌리고 나면
지혜로써 번뇌의 뿌리를 끊어내야 하겠지요.

번뇌에서 벗어나려면 무릎을 꿇게 해야 하겠습니다.

그것은 우리 자신과 관련된 것일 텐데
자신의 생명, 소유물, 생각 같은 것이지요.

사랑이 눈물의 씨앗이라고 했던가?

지나친 사랑, 집착, 갈증은 번뇌가 될 수밖에 없겠고
그 모든 것이 자신의 생각에서 나온다고 하겠습니다.

나에게 가는 길

물론 이런 이치는 들으면 알 수 있고
상당 부분 일리 있다고 인정할 수도 있지만
막상 일상에 적용해보면 결코 쉬운 일은 아니지요.

그렇지만 평소 이런 이치를 잘 생각해 보고
문제에 직면한 당시에는 알아차릴 경황이 없겠지만
번뇌가 일어난 후에는 반드시 성찰해 보는 것이 중요하겠습니다.

그 뿌리가 생각보다 깊을 수밖에 없을 테니
어떤 것은 되고 어떤 것은 전혀 안 되기도 하겠지요.

어떻게 되든 자기 능력과
인연이 닿는 대로 수용하면 되겠습니다.

먼저 자기 번뇌를 인정하고
찬찬히 생각해 보는 것이 지혜이지요.

어떤 상황에서도
자신의 마음이 차가워지는 일은 없어야겠습니다.

번뇌 II

누군가를 부러워하는 것은
선망과 질투라는 감정 때문이라고 하겠습니다.

선망은 "나도 저렇게 되고 싶다!"라는 감정이고
질투는 "하필 내가 아니고 너냐!"하는 감정이지요.

부러움은 부정적인 감정을 격발시키겠습니다.
그것이 없다면 삶이 좀 재미없을 것 같기도 하고
사회에서는 경쟁에 뒤처져 성공할 수 없을 것 같은 생각이겠지요.

공격의 방향이 자신이냐 타인이냐의 차이일 뿐이지
어느 쪽이든 부정적이고 공격적인 감정이 되겠습니다.

개개인의 공격적인 감정이 모이고 쌓여서
'무슨 이론' 같은 것이 되면 전쟁은 시간 문제가 되지요.

사람의 마음과 세상의 일이 다르지 않겠습니다.

우리는 세상의 부조리에는 잘 분노하면서도, 자신의 부조리와 전쟁
을 끝내는 데는 별 관심이 없다는 것이 큰 문제라는 것이지요.

나에게 가는 길

삶의 괴로움을 끝내기 위해서는 높은 명성과 많은 재산이 필요하다고 착각하겠는데, 그래서 삶이 지옥이 될 수밖에 없겠습니다.

아무리 좋은 의미로 얘기해도
부러움은 현실을 받아들이지 못하는 것을 의미하지요.

그래서 "결국은 모두 잘 될 거야"라는 생각이
"어쨌든 내가 원하는 것은 이뤄야 돼!"라는 집착을 품겠습니다.
따라서 부정보다는 긍정적인 마인드를 제안하지요.

"무슨 일이 일어날지 알 수는 없지만, 어떻게 할지는 내가 조절할 수 있고, 거기서 가장 중요한 것을 내 것으로 만들 수 있다!"

이것을 수용하고 탐구하는 것이 중요하겠는데
이런 공부가 쌓이면 내일 일이 별로 걱정되지 않겠습니다.

근심과 두려움 속에서 빠져나오는 사람은
일상이 좀 더 자유롭고 창의적일 수 있겠지요.

부러움이란 감정은 삶에 별로 필요치 않다는 것을 아는 것이
괴로움을 떨쳐버리는 참 좋은 지혜가 되겠습니다.

부러우면 지는 게 맞지요.

만나고 헤어짐

아끼고 사랑하는 것들을 잃으면 마음이 아플 것이고
싫어하던 것들이 모두 사라진다면 속이 후련할 것이며
아웅다웅하면서 정들어 버린 것이 사라지면 시원섭섭하겠지요.

이렇듯 있다가 없어지는 것은
마음에 짠한 여운을 남기겠습니다.

잃어버리는 것이 아니라
새로운 가능성을 위해 비우는 것이고
끝이 아니라 새 출발이라는 의미임에도
우리는 수긍은 하면서도 마음이 따라가지 못하지요.

그렇게 되면 사후약방문이 되겠는데
위로나 마음의 안정에는 도움이 될지 모르지만
이미 받은 마음의 상처는 피할 수 없겠습니다.

그것이 올 때부터 알았어야 한다는 것이지요.

영원히 머무르지 못하는 것이며
완전히 가질 수 없다는 것을.

나에게 가는 길

기대가 곧 실망이 되겠습니다.

인도에서는 '소유하다'라는 말이
'내 옆에 있다'는 어원을 가진다고 하지요.

소유가 무상한 것임을 보여주는 좋은 표현이 되겠는데...

만날 때에 미리 떠날 것을 염려하고
조금의 경계는 하게 되지만, 이별은 뜻밖의 일이 되는 것이고
놀란 마음은 새로운 슬픔에 터질 수 있겠습니다.

그래서 이별은 새로운 시절 인연이 되고
상실은 지난 시절의 먼지를 털어내는 비움이 되고
끝이 새 출발이 되도록 하는 것은 꾸준한 연습이 필요하지요.

그러나 그 연습의 시작점은 끝에서가 아니라
그것이 우리에게 왔을 때부터라는 것을 알아차리는 것이
헤어짐의 지혜가 되겠습니다.

처음부터.

세상을 보는 지혜

세상을 직관적으로 판단하는 사람이 있겠습니다.
그러나 세상은 원인과 결과의 고리로 연결되어 움직이지요.

반면, 논리적으로 따지고 해석하는 사람도 많겠지만
현실에서는 우리가 생각할 수 있는 범위를 훨씬 넘어서서
복잡하게 연결되어 있다고 하겠습니다.

직관적이든 논리적이든 결국 세상을 있는 그대로 보는 것에는 방해
가 되겠고, 우리 마음에 있는 욕망과 두려움을 다른 형태로 드러낸 것
일 뿐이라는 것이지요.

이렇게든 저렇게든 어떻게든 마음을 움켜쥔 욕망과 두려움들을 안
보는 것이 중요하겠습니다. 그러면 불필요한 마음의 에너지 소진을 막
을 수 있겠고, 그 힘으로 삶의 문제에 적절히 대응할 수가 있다는 것이
지요.

있는 그대로를 보고, 이해하고, 당당히 넘어서야 하겠습니다.

마음과 다툴 것이 아니라, 자신을 향한 성찰과 노력으로
직면한 문제를 해결하는 것이 지혜이지요.

나에게 가는 길

진주 '진주성 촉석루'
진주 남강변 진주성 내에 있는 포스가 남다른 누각이다.
고려 말에 진주성을 지키던 군사지휘본부로 알려져 있겠다.
임진왜란 당시 김시민 장군의 대첩과 김천일 장군 등이 결사 항전하여
전사하였고, 논개가 촉석루 앞의 의암에서 왜장을 안고 낙하하여
순국한 곳으로 유명하다. 변영로의 시 '논개' 한 구절을 통해
나라를 사랑한 그들의 애국 절조에 삶의 가치를 성찰해 본다.
"거룩한 분노는 종교보다도 깊고 불붙는 정열은 사랑보다도 강하다"

> **❝** 이별은 새로운 시절 인연이 되고
> 상실은 지난 시절의 먼지를
> 털어내는 비움이 되고
> 끝이 새 출발이 되도록 하는 것은
> 꾸준한 연습이 필요하지요. **❞**
>
> – 본문 중에서 –

편견

늦대는 보통은 자기 가족들과 생활하지만
추운 겨울에는 여러 가족이 무리를 지어 살아가겠습니다.
특히, 일부일처제를 지키는 몇 안 되는 동물이라고 하겠는데, 수컷
은 암컷이 죽기 전까지 바람을 피우지 않고, 오직 일부일처제를 지킨
다고 알려져 있지요. 수컷은 평생 한 마리의 암컷만을 사랑하겠고, 암
컷이 먼저 죽으면 높은 산에 올라 슬퍼하겠습니다.

수컷 늦대는 새끼들을 혼신을 다해 키우고 독립할 때까지 보살핀
후, 암컷 늦대가 죽은 자리에 가서 굶어 죽는다고도 하지요.
모든 늦대가 꼭 그런 것은 아니겠지만, 적어도 우리가 아는 동물들
과는 달리 늦대는 가정적이고 부부애가 애틋하다고 하겠습니다.

대개 응큼한 남자들을 '늦대 같다'고 표현하는 것은 편견이고, 이런 편
견이 늦대의 이야기에만 국한된 것이 아니라, 자신이 알고 있는 것과 사
실이 다름에도 자기 생각만 옳다고 똥고집을 부리는 경우가 허다하지요.
삶을 자신이 가지고 있는 잘못된 정보로 인한 편견이나 선입견으로
섣불리 판단하지 않아야겠습니다.

매사를 찬찬히 살펴보는 습관을 만들면 세상을 보는 안목을 넓힐 수
있겠고, 더 좋은 삶의 지혜를 얻을 수도 있지요.

나에게 가는 길

풀어주고 놓아버리기

나이가 한 살 늘어나면 근심 걱정도 그만큼 늘어나겠습니다.

나름의 경험도 쌓여서 척 보면 일에 대한 견적도 잘 나오고

그 사이의 함정과 돌부리까지 눈앞에 그려지니 걱정만 앞서는 것도 이해는 되지요.

하지만 몸도 하루가 다른데 근심까지 더하면 삶이 피곤해지기 마련이니, 우리는 걱정을 걱정해야 하는 상황에 놓이게 되겠습니다.

가벼워지려면 허용하고 흘려보내는 기술을 공부해야겠는데

필살기가 하나 있다면, 자신의 과도한 욕망이 걱정의 뿌리임을 아는 것이지요. 깨알 같은 욕망부터 나이 먹어도 죽지 않는 노욕까지, 우리는 욕망을 칡넝쿨처럼 감고 살아가겠습니다.

청춘의 욕망은 설렘이 되지만, 힘이 달리는 인생 후반전에는 욕망이 버거움이 되고, 그것들은 모두 걱정이 되어 돌아오지요.

풀어주고 놓아버리는 것이 멋진 출발점이 되겠고, 삶은 아무것도 통제할 수 없으며, 그럴 필요도 없다는 것을 아는 것이 지혜가 되겠습니다.

비로소 걱정의 뿌리를 뽑아 버릴 수 있게 되는 것이고

그다음은 사람과 세상을 사랑하는 법을 배울 필요가 있지요.

희망의 삶

'세상에 변하지 않고 영원한 것은 없다'는 말을 우리는 잘 알고
있고, 쓰기도 하지요. 그러나 솔직히 영원하면 좋을 텐데 현실은 그
렇지 못하니 어쩔 수 없이 받아들인다는 입장이 맞겠습니다.

이것은 우리에게 미련이 남아 있다는 얘기고, 이 미련 때문에
괴로움은 되풀이되고 자신에게 늘 속으면서 살아가지요.

오늘은 이리로 내일은 저리로, 영원한 것과 자신의 안전을
보장할 수 있는 무엇을 찾아서… 결과는 늘 실패하겠습니다.

"영원한 것은 없다!"

이러한 진리를 명확히 알고 있다면 우리의 마음은 더 이상 미련을
갖지 않게 되겠지만, 하지만 안정된 삶을 살기 위해 추구하면 할수록
우리 마음은 결국 크고 작은 전쟁을 불러오게 되지요.

1% 안전 때문에 99%의 불안이라는 전쟁터 같은 마음으로 살아가겠
습니다. 오히려 안정을 바라는 마음을 과감히 내려놓음으로써 텅 빈
마음에 스며드는 평온함을 얻을 수 있지요.

이 마음의 평온함은 스스로 무엇을 갈망하지 않았을 때 얻을 수 있
는 부수적인 선물 같은 것이라고 할 수 있겠습니다.

정직하게 절망하는 것.

무언가를 추구하려는 마음을 내려놓는 것.

희망의 삶을 열 수 있는 지혜가 되지요.

사람을 대하는 마음

자신은 개별적 존재로 인정받고 싶어 하면서도
남은 그렇게 보지 않는 것이 우리의 마음이지요.

그저 자기가 속한 공동체의 일원 정도나
또는 상대가 가진 어떤 속성으로만 보려고 하겠습니다.

그래야 그를 판단하고
단정하기 쉬워지기 때문이 아닐까?

우리는 어떻게든 상대방에게
에너지를 덜 쓰려고 하는 경향이 있지요.

자신은 입체적인 존재라고 여기면서
다른 사람들은 평면으로 존재한다고 생각하기 때문이겠습니다.

그 속에서 기필코 자신을 삼류 영화의 주연 배우로 만들지요.

세상 사람들을 대하는 우리의 어리석은 마음이
대체로 이렇다는 것을 알아차리는 것이 지혜가 되겠습니다.

익산 '미륵사지 석탑'
백제 최대의 사찰이었던 익산 미륵사는
무왕 때 창건된 것으로 알려져 있다.
미륵사지 석탑은 우리나라 석탑 중 가장
규모가 크고 창건 시기가 명확하게
밝혀진 석탑 중 가장 이른 시기에
건립된 것이라고 하겠다.
원래는 9층으로 추정되고 있으나
파손된 상태로 6층 일부까지만 남아
있겠고 본래의 정확한 모습을 알 수
없다는 점이 크게 아쉽다.

청춘 시절에는 욕망은 설레임이 되지만
힘이 딸리는 인생 후반전에는 그 모든 욕망들이 버거움이지요.

– 본문 중에서 –

생각과 거리두기

병이 의심되어 건강검진을 받고 나면 결과가 나오는 동안 격심한 불안에 시달리게 되지요. 발생 가능한 모든 시나리오가 드라마처럼 펼쳐지니 일상은 멈춰지고 깨어질 수밖에 없겠습니다.

결과가 문제가 없다고 통보를 받으면, 말 그대로 죽다가 살아나는 느낌이지요. 시뮬레이션 속에서는 몇 번을 죽다가 살아나고, 다음은 크고 작은 심적 후유증을 앓게 되겠습니다.

그때는 그것이 현실이었기 때문에 정신에 상처를 입게 되지요.

죽음과 직결되는 사건이 아니라도, 해석하고 예측할 수 있는 뇌를 가진 우리는 늘 착각, 오해, 행동을 범하며 살고 있겠습니다.

그러나 경험이 쌓이면서 점차 상상의 국면에서 벗어날 수 있지요.

그것이 내 생각일 뿐 현실이 아니라는 것.

실제로 현실이 되는 확률은 매우 낮았다는 점.

최악의 상상은 내가 지키고 가지려는 것과 연관이 깊다는 사실.

이런 점을 이해하면 나와 생각의 거리두기가 가능하겠습니다.

생각이 잘못한 것은 없겠고, 나름 삶에서 유용한 장치이긴 한데 우리가 사용법을 잘 몰라서 그런 것일 수도 있다는 것이지요.

스마트폰 같은 문명의 이기일 뿐이고, 생각이 압도하는 것이 아니라 우리가 생각에 너무 의존하고 있음을 아는 것이 지혜가 되겠습니다.

평정심

어떠한 문제에 직면하더라도
마음으로부터 시선을 떼지 않는 것이 중요하겠는데
내 마음을 지그시 비추어 보는 것이지요.

무슨 일이 일어나든, 일희일비하여 감정이 흔들리거나
마음속에 일어난 일들에 이리저리 끌려다니면서
문제의 뿌리를 보지 못하는 것이 문제가 되겠습니다.

마치 바다를 보지 않고
생겨났다 사라지는 물결만 보는 격이고
끝까지 자신을 지켜보는 것이 아닌
자신이 이루어 놓은 것에만 한눈을 파는 것이지요.

생각은 감정을, 감정은 느낌을
느낌은 생각을 낳고, 또 감정을 낳겠습니다.

끝까지 자기 마음을 지켜보지 않으면
순식간에 휩쓸려 버리기 십상이 되니
'나'란 존재를 끝까지 지켜볼 때 문제의 뿌리를 볼 수 있겠고
그 자리엔 아무 일 없는 평안함 만이 있지요.

나에게 가는 길

폭풍 해일이 일어나도 깊은 바닷속은 늘 고요하듯
그 뿌리를 보고 있으면 어떤 역경도 '나'를 어쩌지 못하겠습니다.

파도는 밖의 현상일 뿐이고
깊은 바닷속은 늘 평화롭지요.

이러한 참된 모습을 살피는 공부를 통해서
파도도 물의 일부임을 볼 수 있겠습니다.

깊은 바닷속의 물과 다르지 않은, 같은 물임을 보는 것이고
그것을 알아차릴 때 우리는 깨어날 수 있다는 것이지요.

바다에선 모든 게 물이듯이
세상도 모두 다 의식 속의 일일 뿐이겠습니다.

바로 이런 깨어남을 위하여
끝까지 자신의 내면을 살펴보는 것이 중요하지요.

길 위의 어떤 문제에 직면하더라도
평정심을 유지할 수 있는 삶의 지혜가 되겠습니다.

관계

　나와 상대의 마음은 같을 수가 없겠는데, 내 생각의 방식과 상대가 생각하는 방식은 많이 다르다고 하겠습니다.

　나와 비슷하게 생각할 것이라고 여겨지겠지만
직면해보면 전혀 그렇지 않다는 것을 경험으로 잘 알지요.
한마디로 우리 자신의 오해이고 착각이라고 하겠습니다.

　사람은 생각보다 많이 다르다는 것이고
자신만을 겨우 감당할 수 있을 정도라고 하겠지요.
여하튼 상대의 마음은 어찌할 수가 없다고 하겠습니다.

　마음의 평온함을 원한다면
자신이 감당하고 조절할 수 있는 일을 넘지 않아야겠지요.

　타인을 위한다는 마음이 오히려 교만한 마음이 되기 쉽고
상대를 더 피곤하고 힘들게 하는 경우가 부지기수겠습니다.

　그저 각자의 삶을 온전히 잘살고 있음을 받아들이는 것이
좋은 관계를 위한 지혜이지요.

　　　　　　　　　　　　　　나에게 가는 길

흐름

우리의 성격은 기질과 환경이 만나서 형성되겠습니다.
나이를 먹을수록 성격의 편향성이 더 강해지지요.

만년의 공자는 회고하겠습니다.

"나이 오십에는 하늘의 명을 깨달아 알게 되었고
육십에는 남의 말을 들으면 그 이치를 깨달아 이해하게 되었다"

저에게 견주어 짐작해 보면
육십이면 귀가 순해진다는 '이순'은 오기 어렵겠다는 생각이 들지요.

그 이유는 유연성을 잃어버리기 때문일 텐데…
그냥 세월이 빼앗아 가는 대로 놔두게 되면
남에게 어리석거나 교만해 보일 수도 있겠다는 생각이겠습니다.

유연함과 굳건함의 균형감각에 대한 자기 교정이
나이 들어서는 더더욱 쉽지 않다는 것이지요.

사실은 끊임없이 힘든 상황을 이겨내라고 강요하는
도시의 문화가 문제이기도 하겠습니다.

그러니 자기 분수를 알아차려서
작고 소박한 행복을 누릴 수 있으면 좋겠다는 마음이지요.

작은 어리석음은 순진함 정도로
약간의 교만함은 자긍심 정도로 보면 문제가 없겠습니다.

소소한 것에 만족하는 마음을 가지면 좋아질 일만 남겠지요.

나에 대한 관점이나 경계선이 흐물흐물 흐릿해지면
주위와 크게 부딪힐 일도 없겠습니다.

똥고집 부리지 않아도 될 것이고
애써 무언가를 지킬 필요도 없겠지요.

물, 바람, 공기처럼.

점점 저항력이 약해지고, 흐르는 대로 흐름을 따라
그냥 흘러가게 두는 것, 흐름의 지혜라고 하겠습니다.

　　　　　　　　　　　나에게 가는 길

속초 '설악산 권금성'
성의 유래는 불분명하나 신라시대 한마을에 살던 권 씨와 김 씨 두 장사가 난을
피하기 위해 이곳에 성을 쌓았다 하여 권금성이라고 하겠다. 외설악의 수려한
절경과 파노라마처럼 끝없이 펼쳐진 동해의 풍광이 압도적이다.

> 바다에선 모든 게 물이듯이
> 세상도 모두 다 의식 속의 일일 뿐이겠습니다.
> 바로 이런 깨어남을 위하여
> 끝까지 자신의 내면을 살펴보는 것이 중요하지요.
> 길 위의 어떤 문제에 직면하더라도
> 평정심을 유지할 수 있는 삶의 지혜가 되겠습니다.

– 본문 중에서 –

'지나침'을 아는 것

흉년이 들면 자식들은 배 터져 죽고, 부모는 배고파서 죽는다는 옛말이 있겠습니다. 애간장이 끊어지는 슬픈 말이 되겠는데 가진 자는 더 가지게 될 것이고, 못 가진 자는 가진 것마저 빼앗길 수도 있지요. 쓸쓸하고 냉혹한 현실이 되겠습니다.

직장에서는 일을 잘한다고 인정을 받게 되면 일이 그 사람에게 몰리는 경우가 많고, 이게 심해지면 번아웃이 될 수 있겠는데 일복이 터져서 죽는 꼴이 되지요. 이런 이야기들이 내용은 조금씩 달라도 모두 가속도의 법칙을 잘 나타내는 것으로 볼 수 있겠습니다.

일은 놔두면 점점 심해지는 경향의 속성이 있고, 거의 그렇게 된다고 보면 되지요. 오늘의 습관은 점점 심해질 것이고, 마침내 삶의 균형이 깨져버리겠는데 습관의 중독성이라고도 하겠습니다.

"잠시 그러다가 말겠지~"가 아니라
미래를 보여주는 신호로 받아들이는 것이 중요하지요.

일상에서 자꾸 생겨나는 자신의 '지나침'을 알아차리고 경계하면서
조금씩 속도와 방향에 변화를 주는 것이 지혜가 되겠습니다.

나에게 가는 길

道人

청춘의 시간과 나이듦의 시간에
세대 간 과업이 다른 것은 당연하겠습니다.

발산의 시간 뒤에는 수렴의 시간이 따라오는 것이지요.
따라서 발산의 정도가 수렴의 질을 결정하겠습니다.
수많은 경험이 좋은 지혜가 되는 것이지요.

여기서 더 나아가면 수렴을 기반으로 다시 발산하겠습니다.
책 한 줄을 읽어도 한 세대의 경험이 섞여들겠고
하나의 행동에도 한 세대의 지혜가 농축되어 있지요.

그래서 구순의 첼리스트는 오늘도 연습을 하고
백 세의 철학자도 오늘치의 읽고 쓰는 일을 행하고 있겠습니다.
이들은 또 과거의 영광을 배경으로 삼을 만큼 나약하지 않다는 것이
지요.

시작은 있었으나 끝은 없는
자신의 길을 가는 지혜로운 사람들이라고 하겠습니다.

道人들이라고 할 수 있겠지요.

'나'라는 생각 없애기

나이가 들면서
지나온 삶을 돌이켜 보면 사는 게 녹록지 않았고
지금도 여전히 만만치 않다는 것을 충분히 실감하겠습니다.

밖에서 보는 것과는 달리
저마다의 십자가를 지고
험하고 먼 길을 간다는 말도 자연스레 받아들여지지요.

안 그래도 힘겨운 삶에
'나'라는 생각까지 더할 필요가 있겠나?

행복한 순간에는
'나'라는 생각이 없겠습니다.

하지만 불행한 순간에는
반드시 '나'가 격렬하게 작동하지요.

인과관계인지는 분명치 않아도
상관관계가 있는 것은 분명하겠습니다.

나에게 가는 길

팬데믹

지금 우리가 살아가는 세상살이는 다양한 생각을 요구하겠습니다.

코로나19를 넘어, 팬데믹 세상에서 사회적 거리두기는 '재택근무'라는 과제를 주었지요.

일을 한다는 것은 무엇인가? 관계란 무엇인가?

우리는 이런 질문에 답해야 하겠습니다.

원격 교육, 원격 의료, 배달 문화 등의 본질적인 것에 대한 생각이 되겠는데 비대면 상호작용은 계속 확장될 것이 분명하겠습니다. 발 빠른 기업들은 도구적으로 해결 방안을 제공하면서 기본 출발점으로 굳히기를 시도하고 있는 현실이지요.

지금까지의 조직이 집중화되어 있었다면 이제는 꾸준히 진행되어오던 분산화되는 것인데, 기술적 뒷받침뿐만 아니라 코로나19와 변이 바이러스 사태의 학습으로 크게 확산될 것을 쉽게 예상할 수 있겠습니다. 하지만 부분과 전체의 조화는 언제나 중요하지요.

지혜를 모아야 할 것은 재집중화에 관한 것이 되겠는데, 그것은 기술적인 것이 아닌, 문화적인 것이 되겠습니다.

나무는 여전히 숲에 있는 것이고

우린 모여 있지 않아도 연결되어 있다는 사실을 알아야겠지요.

행고

'젊었을 때 부지런히 노력하여 삶의 지혜를 모아 두지 않은 사람은 부러진 활처럼 쓰러져 누워 부질없는 지난날을 탄식하리라'

《법구경》에 나오는 글이지요.

시간이 지날수록 '인생무상, 인생무아'라는 말을 실감하겠습니다.

우리는 행복을 위해서 원하는 것을 얻으려고 하고, 좋은 것은 오래 지속되기를 갈망하지만, 행복을 뒷받침하고 있는 것들은 무상하다는 것이지요.

당연히 모든 괴로움은 구조적이라고 할 수 있고
우리에게 괴로움이란 것은 집착에만 있지는 않겠습니다.
무상하다는 것이 변하고 무너져서 사라져 버릴 것임을 알면서도
그냥 지켜보고 있다는 것 자체가 분명한 슬픔이지요.
태어나고 죽음으로 받는 괴로움, '행고'가 되겠습니다.

노인의 건강이야 흐리다가 가끔 맑음이 일상이라지만 지천명의 나이가 되기도 전부터 약 봉투에 내려앉는 나에게도 먹구름이 드리우지요. 슬프기도 하고 아프기도 하지만, 내 감정을 어떻게 하려고 하지는 않겠습니다. 잠시 머물다 알아서 가겠지요.

그것을 알아차렸다면 박차고 일어나 가던 길을 냉큼 가는 것이 걷는 자의 지혜가 되겠습니다.

나에게 가는 길

고성 '통일전망대'
정치와 이념이 아닌, 인간애란 자성으로 서로 연대함으로써 한라산에서 백두산까지 수려한 한
반도를 후세들이 마음껏 오갈 수 있는 새날, 평화 통일의 그날이 오기를 간절히 소원하겠다.

> 난 걸어서라도 갈 테니까
> 임진강을 헤엄쳐서라도 갈 테니까
> 그러다가 총에라도 맞아 죽는 날이면 그야 하는 수 없지
> 구름처럼 바람처럼 넋으로 가는 거지
>
> – 문익환, 〈잠꼬대 아닌 잠꼬대〉 중에서 –

지나온 길

낡고 하찮은 선박이라도
그 목적은 항구에 발이 묶여 있는 것이 아니라
시동을 걸어 거친 파도를 타고 넘는 항해가 목적이겠습니다.

하지만 아무리 목적을 이루기 위해 애를 써도
바닷물이 없다면 배가 스스로 뜰 수는 없지요.

바닷물은 배를 띄워서 항해의 목적을 도울 수는 있겠지만
반대로 뒤집어 버릴 수도 있는 양면성이 있겠습니다.

우리도 이런저런 목적이나 희망을 품고 살지요.
여기에는 바닷물과 같은 에너지원도 있지만
수많은 도전과 시련 같은 타고 넘어야 할 숙제도 많겠습니다.

어느 철학자의 말처럼
우리는 노력하는 만큼 방황할 수밖에 없는 존재인지도 모르지요.

삶에 속고 세상에 지치다 보면
혹시라도 신이 구원해 줄 수 있을 것이라는 바람도 하겠습니다.

나에게 가는 길

마치 액션 영화의 마지막 장면에서
해피엔딩과 같은 기막힌 반전을 기대하듯
우리가 결과만을 위해 살아가는 존재는 아니겠지요.

밥을 먹는 것이 화장실을 가기 위한 목적이 아니듯
공부하는 목적이 돈을 벌기 위한 수단이 아니듯
결혼 만이 연애의 목적이 아니듯

모든 희로애락이 배움이고, 사랑이고, 인생이기에
살아가는 하루하루가 의미 있는 감동스토리가 되겠습니다.
이것은 우리만이 가지고 있는 고유한 영역이지요.

부패할 것인가?
발효될 것인가?

우리의 삶은 선택의 연속이 되겠고
지혜로운 선택으로 괴로움이 없는
자유롭고 행복한 삶이 되어야겠습니다.

지금 바로!

항구에 묶인 자신의 배를 띄워서
참 인생의 바다로 힘차게 나아가길 응원하지요.

낮이든 밤이든
모두 우리 삶의 일부가 되는 것이고
어둠을 통해서 빛이 더욱 빛나듯이
삶의 장애들을 통해서
더욱 풍요로운 삶을 꿈꿀 수 있겠습니다.

'나에게 가는 길'에 동행해 주신 여러분
고맙습니다.

나에게 가는 길

초판 1쇄 2022년 5월 13일

지은이 김용규
발행인 김재홍
총괄/기획 전재진
마케팅 이연실
디자인 현유주

발행처 도서출판지식공감
등록번호 제2019-000164호
주소 서울특별시 영등포구 경인로82길 3-4 센터플러스 1117호{문래동1가}
전화 02-3141-2700
팩스 02-322-3089
홈페이지 www.bookdaum.com
이메일 bookon@daum.net

가격 15,000원
ISBN 979-11-5622-697-0   03800

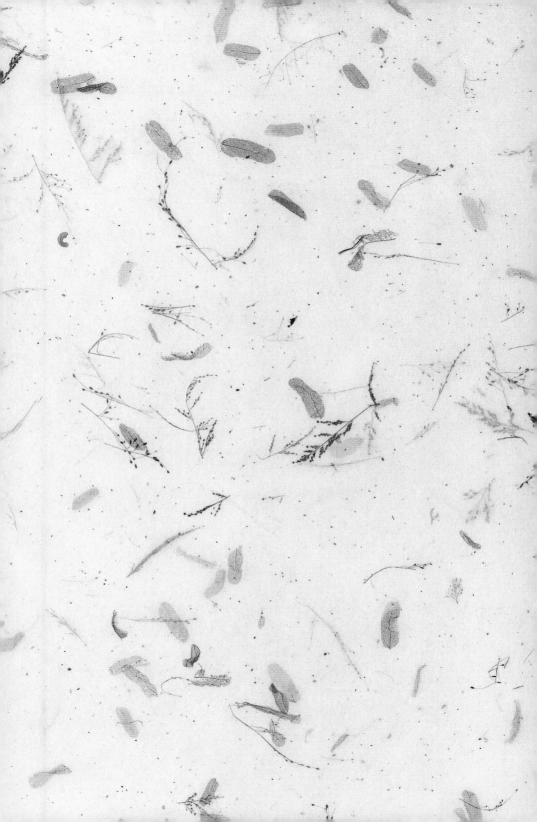

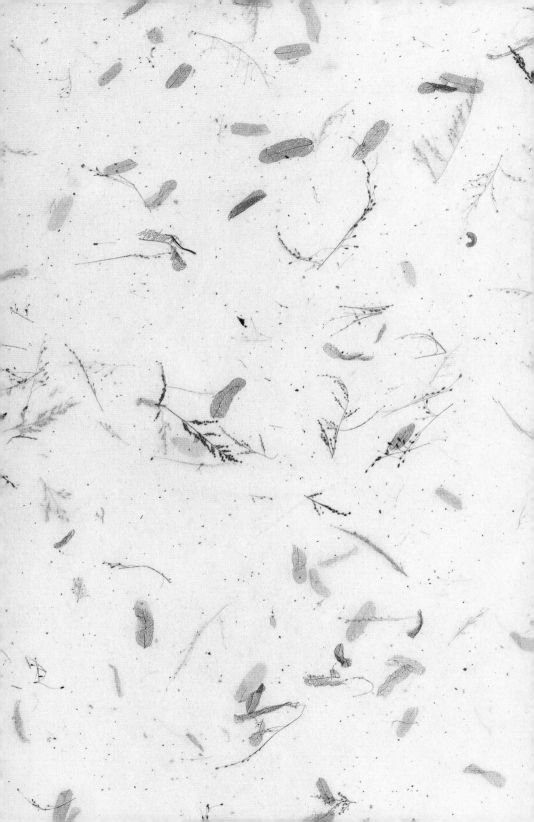